SUYO POR UN FIN DE SEMANA

TANYA MICHAELS

WITHDRAWN

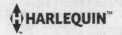

Editado por HARLEQUIN IBÉRICA, S.A.
Núñez de Balboa, 56
28001 Madrid

© 2004 Tanya Michna
© 2014 Harlequin Ibérica, S.A.
Suyo por un fin de semana, n.º 2000 - 17.9.14
Título original: Hers for the Weekend
Publicada originalmente por Harlequin Enterprises, Ltd.
Este título fue publicado originalmente en español en 2004

I.S.B.N.: 978-84-687-4432-2
Depósito legal: M-19668-2014
Editor responsable: Luis Pugni
Impresión en CPI (Barcelona)
Fecha impresion para Argentina: 16.3.15
Distribuidor exclusivo para España: LOGISTA
Distribuidor para México: CODIPLYRSA
Distribuidores para Argentina: interior, BERTRAN, S.A.C. Vélez
Sársfield, 1950. Cap. Fed./ Buenos Aires y Gran Buenos Aires,
VACCARO SÁNCHEZ y Cía, S.A.

Capítulo Uno

Piper Jamieson se recostó sobre los cojines del sofá y sonó el teléfono. Era su madre. Aunque la adoraba, todas sus conversaciones terminaban siempre en el mismo asunto, la vida amorosa de Piper. Y le disgustaba sobremanera.

Hizo ademán de poner los pies en la mesita, pero se detuvo de repente, como si su madre pudiera verla a través de la línea telefónica.

–Bueno, ¿cómo te van las cosas, mamá?

–Eso no importa ahora. Tú me preocupas bastante más –respondió–. No estarás sufriendo un ataque de apendicitis aguda, ¿verdad? ¿O vas a llamar mañana para decirnos que sufres un caso grave de paperas?

Piper gimió. En los últimos años, siempre se las había arreglado para no ir a las reuniones familiares; pero sus excusas eran reales, por motivos de trabajo, no inventadas. Sin embargo, aquel año había hecho una promesa a su abuela y acudiría.

–Estaré allí –le aseguró–. De hecho, estoy deseando ver a todo el mundo…

–Nosotros también estamos deseando verte, cariño. Sobre todo, Nana. Cuando la semana pasada fui a visitarla al hospital…

–¿Al hospital? Daphne me había dicho que estaba acatarrada, pero nadie me había hecho el menor comentario del hospital…

Piper se quedó muy alarmada; adoraba a su abuela aunque Nana insistiera obstinadamente en su creencia de que toda mujer necesitaba un marido. Y por supuesto, su madre decidió aprovechar la preocupación de su hija.

—¿Sabes qué haría que Nana se sintiera mejor? Saber que tienes a un buen hombre que cuide de ti.

Piper alzó los ojos al cielo. La conocía y sabía lo que se avecinaba: una perorata acerca de los hombres y las relaciones.

—Siempre has sido una mujer independiente —continuó su madre—, pero demasiado tozuda. Antes de que te des cuenta, tendrás cincuenta años y estarás sola, sin nadie con quien compartir tu vida…

Recordarle a su madre que faltaban varias décadas para que cumpliera cincuenta años, habría sido inútil. Lo sabía por experiencia, así que se acomodó en el sofá. Ya que tenía que soportar su discurso, al menos quería estar cómoda.

Aunque se había mudado a Houston tras escapar de Rebecca, la pequeña localidad texana donde había crecido, no había conseguido escapar de la creencia familiar de que el matrimonio debía ser el único objetivo de una mujer. Piper solo había tenido un compromiso que la dejó muy aliviada cuando se rompió y que todavía le hacía preguntarse cómo era posible que hubiera estado a punto de casarse con un hombre que pretendía cambiarla.

Con la boda de su hermana, Daphne, Piper llegó a creer que su madre dejaría de presionarla y que se contentaría con tener una hija casada. En cambio, la señora Jamieson estaba escandalizada;

ahora, su hija menor se había casado y esperaba un hijo mientras la mayor permanecía soltera y no salía con nadie.

—¡Piper! ¿Me estás escuchando?

—Un poco.

—Te preguntaba si ese cretino sigue dándote problemas.

—¿Cretino? ¿A quién te refieres?

Solo entonces, cayó en la cuenta. Supuso que se refería a Stanley Kagle, directivo de Callahan, Kagle y Munroe, la empresa de arquitectos donde ella trabajaba como delineante. Era la única mujer en el departamento y Kagle consideraba que su sitio estaba con Ginger y María, dos secretarias que estaban en la empresa desde su fundación. Afortunadamente, Callahan y Munroe no eran de la misma opinión.

—¿Te refieres a Kagle, mamá?

—Estoy hablando de este idiota que te molesta en el trabajo, se llame como se llame. Pero no tendrías que trabajar en nada si encontraras marido y te limitaras a criar a tus hijos.

—Mamá, me gustan mi trabajo y mi vida. Ojalá aceptaras, simplemente, que soy feliz.

—¿Cómo puedes ser feliz? Daphne dice que te subestiman en la empresa y que uno de tus jefes la tiene tomada contigo.

—No es para tanto. Cuando hablé con Daphne había tenido una semana terrible y estaba algo alterada. Pero me encanta mi trabajo actual.

No estaba mintiendo. Disfrutaba realmente cuando se encontraba en mitad de un diseño y era consciente de lo buena que era, o cuando pasaba ante un edificio y contemplaba una de sus famosas pasarelas. Si las cosas seguían por el mismo ca-

5

mino, esperaba que su próxima reunión con Callahan terminara en su primer proyecto como jefa de equipo.

—Admito que el trabajo me provoca estrés de vez en cuando. Pero, ¿vas a decirme que el matrimonio y la maternidad no lo provocan?

Esta vez su madre no dijo nada. Por lo visto, había acertado de pleno.

Pero al cabo de unos segundos, la señora Jamieson suspiró y siguió erre que erre:

—Cariño, no te estás haciendo más joven con el paso del tiempo, y las mujeres no pueden…

Piper decidió interrumpirla.

—Mamá, me encantaría seguir hablando contigo, pero tengo prisa porque he quedado para cenar.

—¿Vas a salir a cenar? ¿Con un hombre?

La joven se mordió el labio inferior. Aunque no quería mentir a su madre, le pareció la mejor solución para salir del paso.

—Sí —respondió, sintiéndose culpable—. Voy a salir con un hombre.

—Gracias a Dios… No puedo creer que me hayas dejado hablar y hablar y no me hayas dicho que tienes novio.

Solo pretendía poner fin a aquella conversación, no confundirla hasta el extremo de que pensara que estaba saliendo en serio con alguien.

—Espera un momento, mamá…

—¿Cómo es él? —la interrumpió.

Piper dijo lo primero que se le ocurrió.

—Es alto, moreno, de pelo oscuro y ojos verdes.

—Y supongo que vendrá contigo a la reunión familiar…

—Bueno, no, yo…

–Oh, vamos, estoy deseando conocerlo. Esperaba que este fin de semana pudieras darle otra oportunidad a Charlie, pero no sabía que ya tuvieras novio…

–¿Charlie? –preguntó, espantada–. Mamá, no quiero ver a Charlie.

Como su madre no dijo nada, Piper supo que le había organizado una encerrona con su exprometido.

–Lo has invitado a cenar, ¿verdad?

–Ya sabes que es como de la familia… además, no entiendo que te enfades tanto cuando lo menciono. Es un buen hombre, y el mejor soltero de todo el condado.

Piper pensó que probablemente era cierto. Charlie Conway era atractivo, divertido e inteligente. Lo conocía desde la infancia y habían estudiado juntos en la universidad, donde empezó a perseguirla. Le confesó que la encontraba maravillosa porque era muy distinta a todas las jóvenes que había conocido y finalmente se hicieron novios. Pero su relación duró poco. Charlie decidió regresar a Rebecca para retomar la tradición política de su familia, que había dado muchos alcaldes al pueblo, y Piper le devolvió el anillo de compromiso. Cuanto más tiempo estaba con él, más intentaba cambiarla.

–Mamá, me da igual que esté soltero y sea un buen partido; no es el hombre adecuado para mí. Prométeme que no te vas a pasar todo el fin de semana intentando que salgamos otra vez.

–No, claro que no, cariño. No ahora que sé que estás saliendo con otro hombre. Ardo en deseos de conocerlo…

–Bueno, veré si está disponible…

–Es tan maravilloso... quiero presentárselo a todo el mundo –declaró su madre–. Si vas a salir esta noche, espero que te pongas un vestido lo suficientemente provocativo como para...

En ese preciso momento sonó el timbre de la puerta y Piper se sobresaltó porque no esperaba a nadie. Sin embargo, cayó en la cuenta de que la situación le convenía.

–Están llamando a la puerta, así que tengo que dejarte. Dale un beso a papá de mi parte.

El timbre volvió a sonar y Piper colgó el teléfono. Después, se levantó y oyó una voz muy familiar.

–Piper, ¿estás en casa?

Era Josh, un compañero de trabajo que se había convertido en un gran amigo desde que se había mudado al mismo edificio. Piper se sintió mucho más animada. Aquella noche no tenía previsto hacer nada interesante. Había pensado ir a ver a su mejor amiga o salir a tomar un helado. Pero hablar con Josh era mucho mejor y no engordaba.

–Hola –dijo, tras abrirle la puerta–. ¿Es que teníamos planes para esta noche y lo he olvidado? Lo siento mucho... he tenido un día terrible y...

–Tranquilízate, querida –dijo, con una sonrisa en extremo seductora–. No teníamos ningún plan. Solo quería saber si te apetecía salir conmigo a cenar.

–¿Es que esta noche no tienes compañía?

Piper sabía que Josh tenía mucha suerte con las mujeres, aunque su encanto no le afectaba a ella. De pelo castaño oscuro, cuerpo perfecto y ojos entre amarillos y verdes, como los de un león, era con diferencia el hombre más atractivo de todo el edificio. Incluso, tal vez, de todo el estado.

Josh se apoyó en el marco de la puerta y respondió:

—Salir con tantas mujeres puede ser agotador. A veces, hasta yo necesito un poco de paz y tranquilidad.

—Entonces, ¿por qué no te quedas y cenas solo en tu apartamento?

—Cenar contigo es mucho mejor que estar solo. Además, contigo no tengo que mostrarme permanentemente encantador. Y por si eso fuera poco, acabo de achicharrar la comida que me había preparado para cenar —confesó.

Ella rio.

—En tal caso, deja que me ponga unos zapatos y que recoja el bolso.

Cuando se alejó, Piper se llevó una mano a la coleta para ver si seguía en su sitio. Se le habían soltando unos cuantos mechones, pero estaba aceptable.

Regresó al salón, tomó las llaves y contempló a su alto y atractivo amigo. Siempre le había gustado, pero no quería un hombre en su vida. Además, sabía que Josh no estaba interesado en una relación estable; y en cuanto a las relaciones pasajeras, Piper había dejado de ser la mujer impulsiva que había sido y ya no era tan dada a las aventuras.

—Muy bien, ya podemos irnos.

Cuando llegaron al aparcamiento del edificio, Piper se volvió hacia él con intención de preguntarle qué coche tomaban. Sin embargo, no hizo falta; para entonces, Josh ya había sacado las llaves de su deportivo de dos plazas y se dirigía hacia él.

—Hoy me han puesto otra multa de tráfico.

—¿Otra vez por exceso de velocidad? No sé cómo te las arreglas para sobrepasar el límite. ¿Es que el resto de los coches se apartan, como por arte de magia, cuando te ven?

Piper entró en el vehículo y se sentó.

—No te burles de mí. Se supone que deberías animarme después del horrible día que he tenido.

—Es verdad, tienes razón, has dicho que ha sido terrible…—dijo, mientras arrancaba–. Pero ya sabes que podría hacer muchas cosas que borrarían todos los problemas de tu cabeza. Solo tienes que decirlo.

Piper se estremeció. Aquello no era nuevo en absoluto. Josh se pasaba la vida coqueteando y estaba acostumbrada. Pero aquella noche, por alguna razón, olvidó que su coqueteo no significaba nada en absoluto.

—¿Qué ha pasado? ¿Kagle se ha vuelto a comportar como un cerdo machista? —añadió él.

Kagle no había tenido nada que ver con los problemas de Piper. Aquel día había estado demasiado ocupado para molestarla.

Ella suspiró y contestó:

—No, esta vez no ha sido culpa de ninguno de mis jefes, sino de uno de tus colegas. Si Smith no me da los cálculos del el edificio Fuqua, entregaré tarde los planos y ya sabes a quién culpará Kagle. Luego, para empeorarlo todo, me pusieron esa multa. Y finalmente, me llamó mi madre y…

Piper se detuvo. Había estado a punto de decir que su madre la sacaba de quicio, pero pensó que no tenía derecho a hacerlo. Al menos, ella tenía madre. Los padres de Josh habían muerto en un accidente de tráfico, cuando él solo era un niño; y aunque no hablaba mucho de su pasado, ella sabía que su estancia en distintos orfanatos no le había hecho precisamente feliz.

Unos segundos después, él preguntó:

–¿Te parece bien que vayamos a Grazzio?

La pregunta era tan innecesaria como retórica, porque ya estaba aparcando frente a su pizzería preferida.

Cenaban allí muy a menudo, unas cinco veces al mes. Salieron del vehículo y se dirigieron a toda prisa a la entrada, para mojarse lo menos posible, pues llovía a mares. Ya dentro, una de las camareras los saludó y sonrió a Josh.

–Hola, guapo, ¿cuándo vamos a salir otra vez?

Josh guiñó un ojo a la camarera. Había salido con ella un par de veces, en agosto.

–Nancy, nada me gustaría más que arrojarme a tus pies ahora mismo, pero ya sabes que George, el del bar, está loco por ti. Y no me atrevería a romperle el corazón.

La camarera negó con la cabeza, riendo.

–Bueno, pero si cambias de idea y decides dejar de portarte como un caballero, ya tienes mi número de teléfono.

Fueran adonde fueran, siempre se encontraban con mujeres que habían salido alguna vez con Josh y estaban deseosas de repetir la experiencia; de hecho, todas la miraban con envidia porque no sabían que no estaba interesada en él.

La última relación de Piper, la única más o menos estable desde su noviazgo con Charlie, había terminado cuando él protestó porque ella daba más prioridad a su trabajo que a su relación.

Tomaron asiento, uno frente al otro, y poco después apareció un camarero moreno y con bigote que tomó nota de las bebidas y dejó una cesta con pan recién hecho. El aroma le recordó a la cocina de su madre, donde siempre se estaba cocinando algo, y por supuesto le recordó que aquel fin de semana estaba condenada a ver a su familia.

Sabía que tenía que hacer algo para corregir el lío que había montado al mentir a su madre, pero cuanto más lo pensaba, más le gustaba la idea de interponer a un hombre, aunque fuera ficticio, entre Charlie y ella. Daphne le había comentado que él había estado saliendo con la bibliotecaria de la pequeña localidad, pero al parecer habían roto la relación porque Charlie quería una mujer con más carácter. Como Piper.

En su último cumpleaños, Charlie le había regalado unas joyas demasiado caras para ser un simple gesto de un viejo amigo. Piper le devolvió el regalo, pero él la llamó semanas más tarde para decirle que iba a estar en Houston y que le apetecía salir. Ella se lo quitó de encima con la excusa de que tenía demasiado trabajo. Y esperaba sinceramente que hubiera notado la indirecta, porque de no ser así, su fin de semana podía resultar muy largo.

Josh tomó uno de los panecillos y dijo:

–Estoy hambriento…

Piper estaba tan concentrada en sus propias preocupaciones que ni siquiera lo oyó. Tenía que hacer algo con su familia, pero solo se le ocurría una solución.

–Josh… Necesito un hombre.

Capítulo Dos

Josh recibió la declaración de Piper con un súbito ataque de tos y ella casi disfrutó con su reacción. Raramente tenía la oportunidad de pillarlo con la guardia baja.

Sin embargo, Josh se recuperó con rapidez y sonrió de un modo tan seductor como siempre.

–¿Por qué no lo has dicho cuando estábamos en tu casa? Entonces, dejemos la pizza y…

Ella rio.

–No me refería a eso.

Piper llevaba una vida más bien aburrida, concentrada en el trabajo y de pleno celibato. Josh conocía ese último detalle y, probablemente por eso, se sentía libre de coquetear a su antojo. Pero también estaba convencida de que nunca pretendería nada real con ella. Por lo que había observado, le gustaba mantener a las mujeres a cierta distancia.

–Ya sabes que voy a estar fuera de la ciudad durante unos días, ¿verdad? –preguntó ella, mientras tomaba un poco de agua.

–Sí. En una reunión familiar, si no recuerdo mal. ¿Lo ves? Contra lo que piensas, suelo escuchar lo que dices.

–Pues necesito que un hombre venga conmigo –confesó–. Hice que mi madre creyera que estaba saliendo con alguien y ahora espera que me presente con él.

–Pero si no estás saliendo con nadie...

–Gracias, Colombo –se burló–. Por lo que veo, no se te escapa nada...

–Es que lo que has dicho me ha sorprendido tanto que casi me provoca una indigestión.

En ese momento, regresó el camarero.

–¿Ya saben lo que van a comer?

Piper y Josh se miraron con gesto de culpabilidad. Estaban tan distraídos con el tema de conversación, que ni siquiera habían abierto los menús, así que se apresuraron a echar un vistazo.

Como no se ponían de acuerdo en la pizza que querían, Josh dijo:

–Pidamos dos. Así podemos compartir la mitad de cada una.

–De eso nada, monada. La última vez que hicimos algo parecido, probaste tu pizza jamaicana y, como no te gustó, te comiste casi toda la mía. Además, preferiría un plato de pasta.

–¿Pasta? Oh, vamos, pero si estamos en la mejor pizzería de Houston... ¿Eres capaz de venir aquí y no pedir pizza? Eso es tan surrealista como la posibilidad de que tú tengas vida amorosa.

El camarero carraspeó con impaciencia para llamar su atención.

–Tal vez debería regresar dentro de unos minutos... –dijo.

–No hace falta –declaró Josh–. Sé que te gusta la pizza siciliana... ¿te apetece una?

Piper asintió y el camarero tomó nota y se marchó.

De inmediato, Josh volvió al tema de conversación de la cena.

–No lo entiendo. ¿Por qué has mentido a tu madre? Nunca mientes. Y teniendo en cuenta que he

14

visto cómo te libras de los hombres que quieren ligar contigo en el Touchdown, puedo añadir que en ocasiones eres dolorosamente sincera.

Ella bajó la mirada y murmuró:

—Yo no diría que he mentido. Simplemente, he exagerado.

—Piper, ¿cuándo fue la última vez que saliste con un hombre por algo más que simple amistad?

—Bueno, bueno, está bien… he mentido. Pero tenía que hacer algo. No dejaba de repetirme una y otra vez que soy la vergüenza de la familia porque no salgo con nadie, así que la corté y le dije que tenía que marcharme porque iba a salir a cenar con un hombre.

—Comprendo. Y ahora, ella prácticamente cree que estás a punto de casarte.

—Para no haber visto a mi madre en toda tu vida, demuestras un profundo conocimiento de su forma de pensar.

—Es que la retratas muy bien.

Piper se mordió el labio inferior.

—Sea como sea, tengo un buen problema.

—No te preocupes, eso no llegaría a la categoría de problema. ¿Quieres saber qué es un verdadero problema? Lo de Michelle. Quién iba a imaginar que esperaba que recordara el cumpleaños de su gato… Y todavía no puedo creer que se dedicara a perseguirme cuando rompimos.

—No me extraña que te pasen esas cosas. Como no tienes tiempo de conocer a la gente con la que te acuestas, te encuentras con verdaderas desquiciadas.

—Es exactamente todo lo contrario, Piper. La única forma de conocer a las personas es salir e incluso acostarse con ellas. Que de vez en cuando aparezca alguna loca, es normal –declaró él–. Y por cierto, no estoy seguro de querer salir con una mujer que no ha estado con ningún hombre desde la presidencia de Richard Nixon…

–Muy gracioso.

–En cualquier caso, no veo dónde está el problema. Que tu madre piense lo que quiera. Dile que tu supuesto novio no ha podido acompañarte por la razón que sea o cuéntale que has roto con él.

–Lo haría si no fuera porque mi madre ha dicho que Nana se sentiría mucho mejor si me viera con un hombre.

Josh la miró a los ojos.

–¿Cómo está tu abuela?

–Tirando, pero al parecer no está tan bien como pensaba. La última vez que hablamos, discutí con ella. Me estaba dando consejos sobre mi vida amorosa y le dije que era una mujer adulta y que no me gustaba que se metieran en mi vida. No debí decirle eso.

–Entonces, ¿a quién vas a llevarte contigo? –preguntó él.

–No lo sé. Todavía tengo que encontrar a alguien. La mayoría de los hombres que conozco son compañeros de trabajo. Y obviamente no les puedo pedir un favor así.

Josh asintió.

–No, claro que no. Además, es posible que malinterpretaran la invitación. Por no mencionar que romperías la política de la empresa en lo relativo a las relaciones de sus trabajadores –dijo con ironía.

En ese momento apareció el camarero con la comida.

–¿Conoces a alguien que pueda servir? –preguntó Piper.

–Puede que alguno de mis viejos amigos de la universidad, pero son demasiado irresponsables para eso.

–¿Y qué hay de ese tipo con el que entrenas? ¿Cómo se llamaba? ¿Adam?

Entre marzo y junio, Josh y su amigo Adam daban clases de baloncesto a chicos de barriadas pobres. Piper había tenido ocasión de conocer al segundo el año anterior, y le había parecido tan atractivo como agradable.

–Adam sería el candidato perfecto, pero está en Vancouver y no volverá hasta dentro de varios días. Además, ni siquiera sabría cómo presentárselo… No podría decirle que mi amiga Piper necesita un hombre.

–Pues tengo que encontrar a alguien –dijo, desesperada.

Piper lo miró. No sabía qué hacer.

–¿Se puede saber por qué me miras de ese modo? –preguntó él, con nerviosismo.

Ella rio.

–Tranquilízate, no voy a pedirte que vengas conmigo. Solo necesitaba hablar con alguien.

–Se me ocurre una cosa… ¿por qué no se lo pides a alguien del gimnasio? Vas con cierta frecuencia y estoy seguro de que conoces a muchos.

–No creas. Suelo estar todo el tiempo con Gina o haciendo ejercicio sola. Además, hago lo posible por evitar el contacto con los hombres. No voy allí para ligar.

–Ya había notado que haces verdaderos esfuerzos para no tener relación alguna con mi sexo –dijo él.

17

–No sigas por ese camino. Lo último que necesito en este momento es otro sermón sobre mi forma de vivir.

–Lo siento, no pretendía meterme en tu vida. Sé que no necesitas a ningún hombre. Eres la mujer más íntegra que he conocido, y créeme, conozco a bastantes.

Ella se limitó a alzar los ojos al cielo.

–Dame más datos y tal vez se me ocurra algo –continuó él–. ¿Qué le dijiste exactamente a tu madre sobre tu novio ficticio?

–Que es de cabello oscuro…

–Excelente. Hay millones de hombres que encajan en esa descripción.

–También le dije que es alto.

Él rio.

–Bueno, comparados contigo, casi todos los hombres son altos.

–Sí, pero añadí que tenía los ojos verdes…

En ese momento, Piper se ruborizó. Acababa de caer en la cuenta de que la descripción que le había dado a su madre era, exactamente, la de Josh, e intentó justificarse con poca fortuna:

–Bueno, dije que los tenía verdes porque los míos también son de ese color y…

–Disculpa, Piper, pero tus ojos son azules.

–Ya, bueno, pero con motas verdes. O casi.

Piper intentó tranquilizarse. A fin de cuentas no tenía nada de particular que inconscientemente hubiera pensado en Josh, dado que era el único hombre al que veía con frecuencia.

Sin embargo, el pulso se le había acelerado de forma anormal y no conseguía relajarse. Estuvo a punto de llevarse una mano al corazón, con la vana esperanza de ralentizar su ritmo.

Al parecer, se sentía más cerca de Josh de lo que había pensado. Y por desgracia, sabía que todas las mujeres que se encaprichaban demasiado de él terminaban con el corazón roto.

Josh avanzó por la sala principal de Callahan, Kagle y Munroe. Aquel miércoles por la mañana no conseguía concentrarse en el trabajo, y había decidido darse una vuelta y comprar un refresco en la máquina, más por estirar las piernas que por la sed.

Mientras se aproximaba a la sala de descanso, echó un vistazo por los ventanales de la sede de la empresa y contempló la impresionante vista de Houston. Hacía varios días que no paraba de llover y se dijo que su inquietud se debía al mal tiempo, y no a otro tipo de preocupaciones.

Pero estaba preocupado por el dilema de Piper.

Cuando entró en la sala de descanso, se llevó una mano al bolsillo para sacar monedas para la máquina. Entonces, notó que no estaba solo. Piper se encontraba de espaldas a él, inclinada y buscando algo en un armario. Estaba preciosa. Llevaba un traje de color crema y su posición le permitió disfrutar de una visión perfecta de su tentador trasero.

Un par de segundos más tarde, ella se dio la vuelta y lo vio.

—¡Josh! No sabía que estuvieras aquí, pero ya que has venido... ¿sabes dónde están los filtros de la cafetera? Juraría que estaban en este armario.

—¿Los filtros? No, no tengo ni idea —respondió, nervioso—. Por cierto, ¿qué vas a hacer al final con tu pequeño problema?

–Cuando vuelva a casa esta noche, llamaré a algunos de los hombres que conozco. Puede que no lleve una vida social tan intensa como la tuya, pero tampoco soy una ermitaña.

–Ah, bien… eso es magnífico.

–Espero que si alguno se presta a ayudarme, no sea Chase. Que esté desesperada no quiere decir que me haya vuelto loca.

–¿Chase?

Josh no conocía a nadie con ese nombre.

–Sí, no te había hablado de él porque solo mantuvimos una relación muy corta. Y se pasó todo el tiempo intentando tocarme… En fin, voy a sacar un refresco. Tengo mucho trabajo.

–Yo he venido a lo mismo.

Los dos se dirigieron a la máquina de bebidas al mismo tiempo. Pero él se detuvo y le indicó con un gesto que pasara ella antes. En realidad no fue un gesto de buena educación, sino un truco para permanecer unos segundos al margen y recobrar la compostura.

En cierta forma, se alegraba de que Piper estuviera fuera de la ciudad el fin de semana. Empezaba a pensar que estaban pasando demasiado tiempo juntos y que tal vez eso explicara la extraña y creciente atracción que sentía por ella.

Se dijo que no era nada importante, nada que no pudiera arreglar por el sencillo procedimiento de pasar unas horas con alguna de sus amigas. Sin embargo, había algo que no encajaba en aquella explicación: cuando pensaba que Piper iba a pasar todo un fin de semana con un exnovio llamado Chase, sentía unos intensos e incontrolables celos.

Capítulo Tres

Piper se sentía derrotada.

Después de varias llamadas telefónicas, decidió darse una larga ducha para tranquilizarse un poco. Como ya había imaginado, nadie quería hacerle semejante favor.

Chase estaba ocupado y no podía acompañarla, pero eso no había evitado que la propusiera salir una noche y acostarse juntos. En cuanto a Robbie, su mejor elección y su última esperanza, no podía acompañarla porque estaba saliendo con una mujer que no vería con buenos ojos, según le había dicho, que pasara un fin de semana con una exnovia.

Cuando salió de la ducha, se vistió y comenzó a hacerse todo tipo de preguntas sobre la vida que llevaba. Algo estaba fallando cuando ni siquiera podía conseguir algo tan sencillo como un simple acompañante para pasar unos días. Se dijo que el problema no era solo suyo, sino también de los hombres con los que elegía salir.

Preocupada, pensó que las cosas le habrían ido mejor si hubiera elegido a otro tipo de personas, a hombres con más experiencia y que conocieran mejor a las mujeres. A hombres como Josh.

—No, nada de eso —dijo en voz alta, para detener el curso de sus pensamientos—. Nada de Josh. No necesito el sexo para nada.

Se dirigió al salón y justo entonces, llamaron a la puerta.

Era Josh.

—He estado pensando, Piper —dijo él, sin más.

—¿En qué?

—En tu situación.

Josh entró en la casa y ella cerró la puerta, apartándose de él para evitar el contacto. Sentía una extraña atracción por su amigo, una atracción que, en los pequeños confines del vestíbulo, se multiplicaba hasta extremos asombrosos.

No podía negar que lo deseaba. Y no sabía si estaba más nerviosa por eso o por el hecho de esperar que sucediera algo.

Intentó controlarse y lo invitó a pasar al salón. Tampoco se podía decir que fuera una habitación inmensa, pero desde luego era más grande que el vestíbulo y se sentía más a salvo en él.

—¿Por qué no te sientas?

—Gracias —dijo él, mientras se acomodaba en el sofá—. ¿Has llamado a alguno de tus amigos?

Piper se sentó sobre uno de los brazos del sofá, a cierta distancia de Josh.

—Prácticamente a todos, aunque la lista no es muy grande.

—¿Y ha habido suerte?

—No.

Josh se relajó visiblemente. Piper lo notó y por un momento pensó que se sentía aliviado, pero luego se dijo que tal vez se sintiera decepcionado por ella.

Entonces, dijo algo que no esperaba:

—He venido para presentarme voluntario.

—¿Cómo? ¿Estás bromeando?

—Este no es uno de esos casos.

Sin poder evitarlo, el inicial sentimiento de agradecimiento de Piper se convirtió de repente en el sueño de que sucediera algo romántico entre ellos aquel fin de semana. Algo que incluyera, por ejemplo, contacto físico. Y de forma involuntaria, admiró su cuerpo.

–Pero si se te ocurre una solución mejor… –continuó él.

–No, no –se apresuró a decir–. ¿Estás seguro de que quieres hacerlo? Por tu tono de voz, parece que te dirijas al martirio. No tienes que acompañarme si no quieres, en serio.

–Yo nunca tuve una abuela que cuidara de mí, pero tú tienes una que te adora y que será feliz si sigues adelante con tu plan. Además, ya sabes que nunca rechazo la comida gratis –añadió, con una sonrisa–. Y por otra parte, solo se trata de estar con tu familia, no de que nos acostemos ni nada por el estilo.

Piper rio con nerviosismo.

–No te preocupes por eso. Si se nos ocurriera compartir habitación, mi padre sacaría su escopeta.

Josh la miró con ironía.

–¿Quién se negaría a ir en tales circunstancias?

Piper se mordió levemente el labio inferior y se asustó al ser consciente de lo que estaba haciendo. Ella nunca se comportaba de ese modo. Nunca hacía gestos para atraer la mirada de los hombres a su generosa boca ni a ninguna otra parte de su anatomía. De hecho, solía llevar el pelo recogido de la forma más sobria posible, y jamás se ponía ropa provocativa, ni siquiera una falda.

Sin embargo, sus esfuerzos no servían de gran cosa. Su cabello rojizo y sus ojos azules, de tono turquesa, habrían atraído a cualquier hombre aunque se hubiera tapado con un saco. Y en cuanto a su cuerpo, pasaba tanto tiempo en el gimnasio que era sencillamente impresionante.

Josh ya se había dado cuenta, pero no quería estropear su amistad con Piper por un simple deseo sexual. Aunque fuese la mujer más deliciosa y sexy que había conocido en toda su vida.

En cualquier caso, también sabía que esa posibilidad era francamente remota. Sospechaba que Piper le habría dado una buena bofetada si se le hubiera ocurrido coquetear con ella en serio.

Al pensar en ello, suspiró. Y ella malinterpretó el gesto.

–¿Ya te has arrepentido?

–¿Qué? No, qué va… Solo estaba pensando en las cosas que tendré que llevarme.

–¿Y qué hay de tu trabajo?

–Llamaré mañana y me tomaré un par de días libres. Pero no te sientas culpable. Todavía no me he tomado ninguno de los días libres que tengo este año, y si no lo hago pronto, los perderé.

Josh pensó que tampoco cabía la posibilidad de que alguna persona de la oficina sospechara de ellos. Aunque todos sabían que eran amigos, también sabían de su apasionada e intensa vida amorosa.

–¿Seguro que quieres hacerlo?

–Claro que sí, cuenta conmigo –respondió.

–Sé que siempre puedo contar contigo, Josh, y no sabes cuánto te lo agradezco –afirmó con sinceridad.

Josh se levantó entonces del sofá.

–Bueno, tengo que marcharme. Si voy a estar fuera el fin de semana, tendré que lavar la ropa que me quiera llevar.

Ella también se levantó.

–Gracias, Josh.

Piper lo abrazó de forma inocente y él recordó la última vez que habían estado tan juntos.

Había sido varios meses antes, en un partido de baloncesto. Los dos saltaron de sus asientos cuando su equipo, el Astros, encestó una canasta que les valió el partido. Y Piper se arrojó de forma impulsiva a sus brazos.

Todavía podía recordar el fresco aroma del champú que usaba, y sobre todo, su olor corporal.

Incapaz de controlarse por más tiempo, decidió apartarse de ella y retrocedió.

–Solo quiero que sepas lo mucho que te lo agradezco –declaró Piper–. Te debo una…

–Me contentaría con un suministro permanente y durante toda la vida de esas tartas de chocolate que haces a veces –bromeó, sonriendo–. En serio, no es tan importante… Una reunión familiar no puede ser tan mala.

–Tú no conoces a mi familia.

–De todas formas, eso no me preocupa. Pero ahora deja de preocuparte por ese asunto. Durante este fin de semana, seré todo tuyo.

Piper estaba en el gimnasio. Habían pasado muchas horas desde el encuentro en el salón de su casa, y sin embargo no podía dejar de pensar en la generosidad de Josh.

Piper conocía a su amigo y sabía cuánto le habría costado tomar aquella decisión.

Además, aquel gesto le había demostrado que Josh era mucho más de lo que parecía, que era más atento y sensible de lo que había pensado.

Incluso llegó a plantearse que mantener una relación con él podía no ser una posibilidad tan alocada como habría creído. Se dijo que estaba yendo demasiado lejos. Ni Josh quería relaciones estables ni ella deseaba comprometerse.

Comprobó la pantalla de la cinta de correr y observó que ya había corrido medio kilómetro. Entonces vio a Gina Sánchez, una atractiva mujer de cabello largo que se había convertido en su mejor amiga en el lugar.

Salían juntas con cierta frecuencia y de vez en cuando alquilaban alguna película, pero Piper siempre rechazaba sus invitaciones a ir a alguno de los clubes que frecuentaba.

—Eres una mujer muy disciplinada.

Piper arqueó una ceja. Le pareció extraño que hiciera ese comentario, porque Gina también iba al gimnasio todos los días.

—¿Por qué lo dices? Tú también vienes día tras día a las seis en punto de la mañana.

—Sí, pero lo hago por motivos muy diferentes a los tuyos. Solo quiero estar bien para encontrar a mi hombre perfecto.

Piper no comprendía la actitud de su amiga. Gina era una abogada perfectamente capaz de cuidar de sí misma, una mujer muy atractiva y sin complejos que por lo demás disfrutaba a fondo de la vida. No entendía por qué se dejaba llevar por ese tipo de sueños.

Durante un buen rato, se concentraron en el ejercicio y solo al final, cuando Piper encontró las fuerzas para hacerlo, se atrevió a contarle lo sucedido con su madre.

—Ya comprenderás lo mucho que me sorprendió que Josh se presentara voluntario…

Gina la miró de forma extraña.

–¿Por qué te parece sorprendente? Te pasas la vida con él. Cualquiera diría que sois pareja.

Piper dejó de correr de forma tan súbita que estuvo a punto de caerse de la cinta.

–¡Por supuesto que no! Sabes que nuestra relación es simplemente amistosa. No hay nada más.

Gina también se detuvo.

–¿Ah, sí? Entonces, ¿por qué te niegas sistemáticamente a presentarme a esa maravilla de hombre?

El comentario de Gina la dejó en fuera de juego. Intentó convencerse de que en su negativa no había nada raro, pero enseguida pensó que los dos eran personas atractivas, inteligentes, con sentido del humor y que además compartían profesiones similares. No tenía la menor duda de que se llevarían muy bien.

–Ya te he dicho que nos prometimos que ninguno de los dos saldría con amigos del otro.

Gina sonrió.

–Tú dirás lo que quieras, pero por la forma en que hablas de él y por las veces en que os he visto juntos, no me creo que solo quieras ser amiga suya.

–Mira, te hago un favor al no presentártelo. Josh es muy divertido, pero también es un rompecorazones. ¿Sabes con cuántas mujeres ha salido desde que lo conozco?

–¿Y eso qué importancia tiene? Además, es posible que salga con tantas porque todavía no ha encontrado a la mujer adecuada.

–Eso carece de importancia. La cuestión es que Josh no quiere encontrar a la mujer adecuada.

Piper estaba realmente convencida de que si

Josh se hubiera encontrado con su media naranja, habría salido corriendo. Sin embargo, no lo culpaba por ello. Era consciente del daño que le habían hecho en su infancia, pasando de unas manos a otras. Le habían enseñado a no encariñarse con nadie.

–Y dime… eso de que sea un rompecorazones, según dices, ¿es la razón por la que todavía no te has atrevido a hacer nada con él? –preguntó su amiga.

–No necesito motivo alguno para no hacer nada con él. No estoy buscando a nadie, por si lo has olvidado.

Gina suspiró.

–Claro. Pero a pesar de eso, vas a pasar todo un fin de semana con un hombre inmensamente atractivo.

En efecto, iba a pasar todo un fin de semana con el hombre más atractivo que conocía. Y precisamente por ello, no había podido conciliar el sueño en toda la noche.

Ni siquiera sabía hasta dónde tendrían que llegar para convencer a su familia de que realmente estaban saliendo juntos. Solo sabía que él se ponía tenso cada vez que lo abrazaba y que, últimamente, a ella le ocurría lo mismo. De hecho, el día anterior se había quedado sin aliento al sentir su contacto. Y no podía imaginar cuál sería su reacción si se veían obligados a ir más lejos, a besarse incluso.

Pero eso no era lo peor de todo. Por mucho que intentara engañarse a sí misma, por muchas excusas que buscara, en el fondo estaba deseando que sucediera.

Capítulo Cuatro

Josh se encontró con Piper en el aparcamiento. Estaba metiendo su equipaje en el maletero y lo saludó al verlo.

Cuando se acercó, ella tomó la bolsa de viaje y el maletín de su amigo y los dejó junto a sus maletas.

–¿No te llevas nada más? –preguntó.

–No. Ahí tengo todo lo que necesito –respondió él.

–¿En una simple bolsa de viaje y en un maletín?

Él asintió y miró las maletas de Piper. Pensó que se llevaba todo lo que tenía en casa.

–Al acercarme he pensado que las ruedas de tu coche estaban bajas de presión y que tendríamos que parar en alguna gasolinera, pero ahora veo que ese no es el problema –se burló él.

–Ten en cuenta que llevo un montón de regalos para los niños, para mi hermana que está embarazada, para mi prima, para…

–Para, no sigas. Es tu coche. Puedes llevar todo lo que te apetezca en él –la interrumpió.

Ella se sentó al volante y no tardaron en ponerse en marcha.

Normalmente, cuando salían a alguna parte, iban en el deportivo de Josh y él siempre conducía. En parte se debía a que era mejor conductor y a que no tenía la marcada tendencia de Piper a recibir multas por exceso de velocidad, pero también se debía a que estaba acostumbrado a hacerlo. Como acompañante, resultaba insoportable. No podía resistirse a dar consejos de vez en cuando, y Piper detestaba que le dijeran cómo tenía que hacer las cosas.

Josh se prometió no hacer el menor comentario sobre su forma de conducir. Pero sus buenas intenciones no duraron demasiado. De hecho, apenas aguantaron cinco minutos.

—Disculpa que te lo diga pero ¿cuál es el límite de velocidad en esta carretera? Hemos pasado tan deprisa ante la última señal que ni siquiera he podido verla —observó él.

Ella miró el cuentakilómetros y bajó la velocidad de inmediato.

Josh suspiró, aliviado. Sabía que era irracional ponerse nervioso por el simple hecho de que otra persona estuviera a cargo de una situación, pero no podía evitarlo. Era un hombre muy independiente. Tanto, que había dejado su prometedora carrera en la empresa donde trabajaba para convertirse en autónomo y establecerse por su cuenta, aunque seguía colaborando con Callahan, Kagle y Munroe. Le gustaba hacer las cosas a su modo y aquello encajaba mejor en su forma de ser. La vida le había enseñado que no había nada permanente, ni en lo relativo al trabajo ni en lo relativo a las personas.

Todo había empezado con sus padres, aunque habían muerto cuando él era tan pequeño que seguramente no habría recordado sus caras de no haber sido por las fotografías que tenía. Después comenzó a pasar de un orfanato a otro, y acto seguido, de una a otra familia. La casa de los Wakefield había sido lo más parecido a un hogar que había tenido en toda su vida, pero cuando se mudaron, decidió que sería mejor alejarse de ellos; encariñarse con la gente era la mejor forma de sufrir.

Incluso había salido con una mujer, Dana, que había estado a punto de convencerlo para mantener una relación seria. Le gustaba tanto que Josh hizo verdaderos esfuerzos por hacerla feliz y adecuarse a sus necesidades. Sin embargo, no tardó en comprender que no podía darle todo lo que ella necesitaba.

Piper volvió a pisar a fondo el acelerador y Josh casi agradeció la súbita velocidad. Por lo menos había servido para sacarlo de sus pensamientos.

–¿Hay algo en particular que debería saber de ti? –preguntó a Piper–. Lo digo para no meter la pata con tus padres.

–Bueno, yo diría que me conoces bastante bien...

–Me refiero a cosas muy personales, a cosas que no me hayas comentado. Quién sabe, tal vez tengas tatuado el mapa de Luisiana en alguna parte del cuerpo...

–No, no tengo tatuajes.

–¿Y qué me dices de tus costumbres? Por ejemplo, ¿cuál es tu marca preferida de gel de baño?

–No tengo marcas preferidas. Además, me gustan más las duchas que los baños –respondió.

Las palabras de Piper desataron la imaginación de Josh, quien inmediatamente se la imaginó desnuda y cubierta de espuma. Pero sobre todo, se la imaginó con él.

–¿Existe algún motivo para que te empeñes en que suene como si fuera la chica de las páginas centrales del *Playboy*? –preguntó ella.

–¿La chica de las páginas centrales?

La pregunta le había sorprendido, aunque la posibilidad de que posara para la conocida revista le pareció muy sugerente.

–Sí, ya sabes… Suelen hacerles ese tipo de preguntas. Y contestan cosas como: me llamo Piper y me gustan los baños llenos de espuma.

–Bueno, es posible que no me haya expresado bien. Solo pretendo saber si existe algo que los demás esperen que sepa de ti. Algo que debería conocer un supuesto amante…

Ella lo miró durante unos segundos y pensó en la palabra que acababa de pronunciar. Amante. Le parecía que estaba llena de posibilidades, pero también de amenazas.

Por fin, negó con la cabeza y dijo:

–Convencer a mi familia de que estoy saliendo con alguien es una cosa; pero convencerla de que mantenemos una apasionada relación amorosa sería asunto bien distinto, por no decir espeluznante. Ten en cuenta que se trata de mis padres.

Piper se detuvo un momento antes de continuar.

–Además, solo comenté que estaba saliendo con alguien, no que mantuviera una relación seria. Para que parezca real, debemos tomárnoslo con calma. Creo que deberías limitarte a hacer cosas como tomarme de la mano, pasarme un brazo alrededor de la cintura… en fin, ya sabes.

–Sí, puedo hacerlo perfectamente.

–Ah, bueno… y supongo que tampoco estaría mal que me besaras en alguna ocasión.

–¿Besarte? –preguntó él.

Josh intentó imaginar a qué sabría su boca.

–Sí, solo un besito pequeño, poca cosa. No hace falta que sea un beso apasionado.

–Si te parece oportuno…

–De todas formas, estás planteando mal el asunto. Nadie te ha va a hacer preguntas sobre mí. Las harán sobre ti –explicó.

–Pues espero no decepcionarlos, porque no se puede decir que sea un tipo especialmente interesante.

–Oh, vamos… –se burló.

–Entonces, si hay algo de mí que crees que deberías saber, pregunta lo que quieras. No me importa.

Piper no dijo nada esta vez. Los dos se sumieron en el silencio y, poco a poco, Josh consiguió tranquilizarse y dejar de pensar en ella.

Se relajó hasta tal punto que, si darse cuenta, se quedó dormido. Y no se despertó hasta que oyó las sirenas de la policía en la distancia.

Piper miró por el espejo retrovisor y sintió que el mundo se le venía encima. Josh comenzó a reír sin poder evitarlo, pero ella hizo caso omiso de sus risas y detuvo el vehículo en el arcén.

Aquella era la segunda vez que la paraban en una semana, por exceso de velocidad.

–Como esto siga así, mi aseguradora me enviará a un matón para que me parta las dos piernas –comentó.

Bajó la ventanilla y se dispuso a lo inevitable. Entonces observó que el policía que se acercaba era en realidad una mujer, y tan bella que parecía una supermodelo o una especie de diosa nórdica.

–¿Podría darme su carné de conducir y los papeles del coche, por favor? –preguntó la agente, muy seria–. ¿Sabe a qué velocidad circulaba?

Piper no supo qué contestar. Si decía que ni siquiera se había dado cuenta, podía ser aún peor.

Pero en ese momento, Josh se inclinó hacia la ventanilla e intervino en su ayuda.

—Buenas tardes, agente. Me temo que soy yo quien debería disculparse por lo sucedido... Mi hermana iba deprisa porque le pedí que acelerara, así que creo que debería multarme a mí.

Piper maldijo a Josh en silencio. Le pareció que no tenía sentido que mintiera de esa manera porque eso no excusaba el exceso de velocidad.

Sin embargo, y para su sorpresa, la agente ni se molestó en preguntar por qué le había pedido, supuestamente, que acelerara. En lugar de eso, clavó su fría mirada en él y sonrió de forma encantadora.

—Bueno, no creo que sea necesario poner ninguna multa —dijo—. Bastará con que su hermana vaya más despacio.

Josh adoptó su voz más sensual y dijo:

—Se lo agradezco muchísimo, agente...

—Blake. Julie Blake.

—¿Sería ir muy lejos preguntarle si su número aparece en la guía telefónica de Houston?

Piper no podía creer que Josh se atreviera a tanto. Pero funcionó: la agente le dijo que su número estaba en la guía, se despidió de ellos y se alejó hacia el coche patrulla.

—¿Se puede saber qué te pasa? —preguntó entonces Piper—. ¿Es que solo piensas con eso que tienes entre las piernas?

—Eh, no seas grosera. Deberías estarme agradecida.

—¿Por la lección de coqueteo? —preguntó, irritada—. Gracias, pero no la necesitaba.

–No estaba coqueteando. Bueno, sí… pero solo para intentar evitarte una multa. Y lo he conseguido.

–¿Y qué habría pasado si tu encanto no hubiera funcionado? ¿Qué habría pasado si se hubiera enfadado aún más?

Josh la miró con intensidad.

–¿Cuándo has visto que me falle el encanto?

De no haberse tratado de Josh, Piper habría encontrado arrogante el comentario. Pero tenía razón. Las mujeres lo adoraban. E incluso ella se había visto obligada a admitir que lo deseaba.

–Creo que estás celosa –añadió él, en tono de burla.

–¿Celosa? ¿De una policía escandinava?

–Por su apellido, dudo que sea escandinava.

–Me da igual con quien te acuestas, Josh. Por mí, esa rubia y tú podéis hacer lo que os dé la gana…

–Tranquilízate, Piper. No me refería a que sintieras celos de ella, sino de mi facilidad para relacionarme con el sexo opuesto –puntualizó–. Debes admitir que no eres precisamente genial en lo relativo a los hombres. No sabes cómo pescarlos.

–¿Pescarlos? Hablas como si fueran peces… Pero para tu información, y para la de mi madre, mi hermana y toda la población de Rebecca, ¡no quiero pescar a ningún hombre! –exclamó, fuera de sí.

Josh la miró, divertido con su vehemencia. Pero se limitó a negar con la cabeza.

–¿Sabes una cosa? Tienes razón –dijo él.

–Ah, qué bien, ahora te disculpas para que no pueda enfadarme contigo –protestó.

–Hago lo que puedo. Y a decir verdad, ni siquiera sé cómo he podido comentar nada de tus dificultades con los hombres cuando…

–¿Cuando qué?

–No, nada.

Piper ya había arrancado, pero se giró un momento para mirarlo e intentar adivinar lo que estaba pensando. Sin embargo, su expresión era tan pétrea como si no tuviera emoción alguna.

Minutos después, detuvo el vehículo en una gasolinera. Piper llevaba en silencio un buen rato porque no sabía qué decirle. Pero aunque lo hubiera sabido, la actitud distante de su acompañante la habría empujado a no decir nada. Josh siempre había tenido la habilidad de alzar una barrera invisible e impenetrable cuando quería mantener las distancias.

Mientras ella llenaba el depósito, él salió del vehículo y se dirigió a la tienda del establecimiento. Un grupo de jovencitas que estaban en la puerta se lo comieron casi literalmente con los ojos.

En ese momento, se dio cuenta de lo injusta que había sido con él. Le había hecho un enorme favor al impedir que le pusieran la multa, y ella había reaccionado de forma exagerada por un motivo bien diferente: su cercanía le alteraba, le despertaba deseos a los que no estaba acostumbrada e incluso sensaciones físicas que la incomodaban sobremanera.

Acababa de pagar la gasolina cuando Josh reapareció con una bolsa.

–¿Qué te parece si conduzco yo un rato? –preguntó–. Y antes de que te molestes, debo puntualizar que mi oferta no tiene nada que ver con lo sucedido antes. Ya sabes que detesto ir en coche si no conduzco. Además, debes de estar cansada…

Ella le dio las llaves del vehículo.

—Ah, te he comprado esto —continuó él—. He pensado que te harán falta el fin de semana.

Piper abrió la bolsa y descubrió que estaba llena de chocolatinas.

—Eres el mejor, Joshua Weber —dijo ella, con una gran sonrisa—. ¿Sabes una cosa? He estado pensando en lo que dijiste antes, en lo de si debíamos saber más el uno del otro.

—Pero has dicho que eso no tiene importancia…

—Probablemente no, por lo menos en lo relativo a las cosas más superficiales. Pero hay otras que podrían ser importantes. Por ejemplo, no sé casi nada de tu infancia. Y mi familia podría extrañarse —declaró, mientras subían al vehículo.

—Ya sabes todo lo que hay que saber. Sabes que he vivido en Texas toda mi vida y que estudié en la Universidad del Estado.

Ella se cruzó de brazos y lo miró como si esperara que añadiera algo más.

Él suspiró.

—Está bien… ¿hasta qué punto quieres que sea concreto?

—No lo sé. Pero desde luego tendrás que contarme detalles más personales que la universidad donde estudiaste.

—Te aseguro que no esperaba que me pidieras tal cosa…

—Si no quieres hablar, no tenemos que hacerlo. Pero recuerda que mi familia te va a hacer todo tipo de preguntas durante el fin de semana. Por supuesto, yo intentaré ayudarte en cuanto pueda. Sin embargo, no podré hacerlo bien si no tengo más datos.

Josh arrancó y permanecieron unos minutos en silencio. Piper ya había renunciado a obtener información alguna cuando él rompió el silencio, de repente, y se puso a hablar.

—Estuve en un par de orfanatos y luego con seis familias distintas. La última, los Wakefield, estuvo a punto de adoptarme... pero se mudaron a Europa antes de que concluyera el proceso de adopción, y yo acabé en otro orfanato hasta que me fui a la universidad. Luego conseguí un trabajo en Houston. Y lo demás, ya lo conoces.

Piper se quedó verdaderamente sorprendida con su inesperada sinceridad. Pero sobre todo, sintió una intensa tristeza por lo que acababa de oír.

—Josh, yo...

—No te preocupes, fue muy divertido —la interrumpió—. Me pasaba la vida viajando y conociendo a gente distinta. Y en una ocasión, hasta tuve mi propio dormitorio.

—Oh, Josh, lo siento tanto...

—Pues no lo sientas —declaró con frialdad—. Mi vida no ha estado mal, y en cualquier caso no necesito tu piedad. Además, no quería hablar de esas cosas. Pero todas sois tan insistentes que nunca dejáis otra opción.

El hecho de que Josh hablara en plural la dejó perpleja. No se le había ocurrido pensar que muchas de las mujeres que había conocido lo habrían presionado con el mismo asunto. Pero había hecho con la secreta esperanza de que ella significara más, para él, que ninguna otra.

—Creo que has malinterpretado mis palabras, Josh. No lo siento por ti. Me estaba disculpando por presionarte y meterme donde no me llaman.

Todos tenemos cosas de las que no nos gusta hablar y debí respetar tu espacio –afirmó.

Josh se relajó un poco.

–¿Y cuál es el tema del que a ti no te gusta hablar? –preguntó él.

–Charlie Conway.

–Ah, sí. Saliste con él cuando estabas en la universidad, ¿no es así?

–En efecto.

Charlie y Piper se conocían desde pequeños, pero él nunca había mostrado interés en ella y se sorprendió mucho cuando le pidió que salieran.

–Salimos juntos seis meses. De hecho, nos comprometimos –continuó Josh.

–¿Cómo?

–Me pidió que me casara con él y acepté.

–No puedo creerlo. ¿Hiciste eso? Pero si eres la mujer más contraria a las relaciones que conozco…

Piper no se describía a sí misma en esos términos. Prefería pensar que era una persona independiente que sencillamente no quería renunciar a su identidad a cambio de un marido.

En el caso de Charlie, se había entusiasmado con él. Cuando terminaron los estudios y él decidió regresar a Rebecca ni siquiera se molestó en consultarlo con ella. Se limitó a tomar la decisión y a esperar que Piper la aceptara. Entonces, ella se dio cuenta de que llevaba varios meses amoldándose a sus deseos y haciendo lo que él quería.

–No puedo creer que te comprometieras con alguien –insistió Josh–. ¿Cómo es que no me lo habías comentado?

–Porque no te gusta hablar de estas cosas. Además, ya sabías que Charlie y yo habíamos estado saliendo una buena temporada.

Josh la miró y Piper se preguntó qué estaría pensando. Por alguna razón, parecía irritado.

Por fin, repitió:

—No puedo creerlo.

Ella tampoco podía. Había estado a punto de cometer un terrible error con Charlie, pero al menos creía haber aprendido la lección.

Josh consultó las direcciones que Piper le había dado para llegar a la casa. Las había apuntado en un papel, pero apenas podía distinguir las letras porque estaba anocheciendo. Ella se había quedado dormida.

La confesión de Piper de su compromiso con Charlie lo había sumido en una completa confusión. Especialmente, porque la conocía desde hacía dos años y nunca había hecho el menor comentario al respecto.

Siempre había supuesto que su relación había sido algo superficial y pasajero, una aventura juvenil que se había roto cuando dejaron la universidad. Y aunque aparentemente se tratara de un asunto sin importancia, en realidad cambiaba las cosas; ahora entendía mejor su rechazo a salir con hombres, su falta de vida amorosa. Era evidente que la experiencia le había generado una fuerte desconfianza.

En cualquier caso, Josh nunca habría caído en la tentación de juzgar la vida de Piper, y mucho menos en ese tipo de cuestiones. Parte de su interés inicial por ella se debía precisamente a que solo podían ser amigos, a que era una mujer segura en términos amorosos; no buscaba ni pretendía nada salvo su amistad. Tal vez por eso había bajado la guardia más de lo habitual. Y ahora se arrepentía de haberlo hecho.

A pesar de la creciente oscuridad, pudo distinguir finalmente las notas que había tomado y siguió conduciendo. Tomó una desviación y entró en el rancho. Al hacerlo, pasó por encima de una de las placas de metal que se colocan en el suelo para impedir que el ganado escape por la puerta y el coche dio un salto.

–¿Qué ocurre? ¿Qué pasa? –preguntó ella, al despertarse–. ¿Nos hemos perdido?

–No. Creo que ya hemos llegado. Supongo que esto debe de ser el camino…–dijo en tono de broma, por los baches.

–Más o menos –respondió ella–. Podrás ver la casa dentro de un minuto.

Josh se miró en el retrovisor y se arregló un poco. Enseguida pudieron ver el blanco edificio, frente al que aparcaron segundos más tarde.

En ese momento, un montón de gente salió de la casa y se dirigió hacia ellos. Piper abrió la portezuela con la expresión de un gladiador a punto de enfrentarse a los leones.

El primer hombre que se les acercó era de la altura de Josh, aunque rubio, y sonreía de oreja a oreja. Pasó junto a Josh sin dedicarle otra cosa que una mirada de curiosidad y abrazó a Piper con fuerza.

–¡Piper! Estás más guapa que nunca… Te he echado mucho de menos.

Piper también sonrió. Pero sus ojos no mostraban ninguna alegría.

–Josh, te presento a Charlie Conway.

Capítulo Cinco

Charlie Conway le disgustó a primera vista.

Ciertamente, Josh no tenía buena opinión de él después de lo que Piper le había contado. Pero verlo en persona, y abrazando a su amiga, no sirvió precisamente para mejorar las cosas.

Estaba a punto de decir algo cuando Charlie se llevó a Piper hacia la casa y Josh se quedó solo, con la impresión de estar allí como simple observador. Pero enseguida se acercó una mujer de cabello oscuro, claramente embarazada y de unos treinta años de edad.

—No te preocupes. No ha pensado ni una sola vez en Charlie desde que rompieron.

Josh sonrió a la recién llegada.

—Supongo que tú debes de ser Daphne…

—En efecto. Y este es mi marido, Blaine.

Josh estrechó la mano del hombre con barba que apareció al momento.

—Encantado de conoceros…

Blaine lo miró con intensidad y dijo:

—Lo mismo digo, porque estábamos deseando conocerte. Piper nunca ha traído a ningún hombre a casa… debe de estar loca por ti.

—Yo también estoy loco por ella.

La madre de Piper apareció a tiempo de oír lo que acababa de decir y de darle un fuerte abrazo.

—Yo soy Astrid Jamieson, la madre de Piper.

–Encantado de conocerte. Me llamo Josh, Josh Weber.

–Bienvenido a la familia –dijo Astrid, guiñándole un ojo–. Tal vez tengamos otra boda antes de lo que había pensado…

–¡Mamá! –protestó Piper, que regresó justo a tiempo–. No asustes a Josh con tus alocadas ideas.

–Cuando dijiste que estabas saliendo con alguien, supe que sería Josh. Hablas tan bien de él, que Nana y yo pensamos desde hace tiempo que estabas enamorada. Pero, ¿qué ha pasado para que te des cuenta?

–¿Piper habla de mí? –preguntó Josh, extrañado.

–Oh, desde luego que sí. Me ha dicho que trabajáis juntos y me ha contado lo que haces. Incluso sé que has montado tu propia empresa…

–Bueno, no sé si podría decirse que eso es una empresa, pero por lo menos da beneficios –explicó Josh.

–Entonces, es evidente que eres un buen profesional. No hay duda de que eres un excelente partido.

–¡Mamá! –protestó Piper otra vez.

–Piper no exageró al afirmar que eres el hombre más atractivo de Houston. Le has gustado desde que os conocisteis.

–Yo nunca dije eso…

–¿Insinúas que no te sientes atraída por él, Piper? –preguntó Charlie, que había oído la conversación.

–Claro que me siento atraída por él. Me quejo únicamente porque no dije lo que mi madre afirma que dije –declaró a la defensiva.

–Pues tú dirás lo que quieras, pero ¿sabes lo

que dirían mis alumnos si te vieran? –preguntó Daphne–. Dirían que estás caliente.

El marido de Daphne carraspeó como para recriminar su actitud, pero ella añadió:

–Bueno, he dicho la verdad. No estoy ciega…

La señora Jamieson decidió empeorar un poco más las cosas.

–Piper no dejaba de hablar de todas las mujeres con las que salías, y a mí me parecía evidente que estaba celosa. Ha tardado tanto tiempo en comprender sus verdaderos sentimientos…

Como Piper ya no podía soportar aquella encerrona, tomó a Josh de la mano y dijo:

–Ha llegado la hora de que te presente a mi padre.

–¿Por qué? –murmuró él, para que nadie más pudiera oírlo–. Me estaba divirtiendo mucho con tu madre. Empiezo a pensar que el viaje ha merecido la pena.

–Papá, te presento a Joshua Weber…

Fred Jamieson resultó ser un par de centímetros más alto que Josh. Lo miró con seriedad y dijo:

–Te advierto que tengo una buena colección de armas. Y no dudaré en usarlas si haces daño a mi pequeña.

–¡Oh, Fred! –protestó Astrid–. Si no asustaras a todos los novios de Piper, es posible que ya se hubiera casado.

–¡Mamá! –protestaron Daphne y Piper al unísono.

–Bah, qué tontería. Precisamente por eso ha esperado el tiempo suficiente como para encontrar al hombre adecuado –se defendió Fred.

Charlie carraspeó en ese momento.

–Yo estoy deseando probar la comida que ha preparado Astrid –dijo–. ¿Alguien más tiene hambre?

Entre murmullos de asentimiento, todos se dirigieron a la casa. Pero Josh y Piper se quedaron ligeramente rezagados, así que él aprovechó la ocasión para comentar:

–No sabía que tu familia supiera tantas cosas de mí...

Piper estuvo a punto de decir que no tenía nada de particular. Al fin y al cabo se conocían desde hacía mucho tiempo y era lógico que hablara de él, sobre todo teniendo en cuenta que, además, eran compañeros de trabajo.

Sin embargo, no comentó nada.

–Llevamos diez minutos aquí y ya estoy deseando marcharme. El fin de semana va a ser una verdadera pesadilla –observó.

–Pues yo creo que todos deberíamos pasar por pesadillas como esta de vez en cuando. Imagínate... Pasar tanto tiempo con una familia que está deseando verte –comentó él, con ironía.

En ese momento se acercó Daphne, que preguntó:

–¿Interrumpo algo?

–No –contestaron los dos a la vez.

–Pues aunque interrumpa algo, me temo que no tengo otra opción. Mamá quiere saber cuánto vais a tardar –les informó.

Josh aprovechó la ocasión para escapar.

–En ese caso, iré a ver si puedo ayudar a poner la mesa o algo por el estilo. Si me perdonáis...

Cuando Josh desapareció en el interior de la casa, Piper decidió que había llegado el momento de saber qué hacía Charlie allí.

–¿Se puede saber quién ha invitado a comer a ese cretino? –preguntó.

–Vamos, Piper… Lo conocemos desde que éramos niñas. Además, a papá y a mamá les encanta comer con el alcalde porque se sienten importantes. Pero ya basta de hablar de Charlie –declaró Daphne–. ¿Cómo es posible que no me hayas hablado de Josh? No puedo creer que lo hayas mantenido en secreto.

–No es nada serio, Daph.

–No me mientas. He visto cómo lo miras.

Piper pensó que Daphne solo había visto lo que quería ver.

–Por cierto, la abuela está en casa…

–¿Cómo? –preguntó Piper, sorprendida–. ¿Por qué no me lo habías dicho?

–Bueno, pensé que lo sabías…

Las dos mujeres entraron en la casa. Josh estaba en el recibidor, y al ver que Piper pasaba a toda velocidad sin decir nada, preguntó a Daphne:

–¿Qué ocurre?

–Nana está dentro y ha ido a verla. Nuestra abuela la adora y se empeñó en estar presente esta noche, aunque el frío no le hace ningún bien.

–¿Y cómo se encuentra?

–Digamos que tiene sus días buenos y sus días malos.

Josh siguió a la hermana de Piper por un largo pasillo hasta llegar al salón. Era una estancia grande y elegante, aunque decorada con sencillez. Las ventanas tenían cortinas de encaje, había una lámpara de araña en el techo y una enorme mesa de madera lo dominaba todo.

La mirada de Josh se clavó en Piper, arrodillada ante la mecedora de su abuela.

—Acércate y te presentaré a Nana —dijo Piper, al oír los pasos de Josh—. En realidad se llama Helen. Nana, te presento a…

—Apártate, jovencita, para que pueda verlo —gruñó la anciana.

La mujer clavó sus ojos azules en Josh, lo observó durante unos interminables segundos y acto seguido se quitó las gafas y pronunció una sola palabra:

—Viril.

Josh se sorprendió tanto por el extraño comentario de la mujer que no supo qué decir.

—Supongo que sabrás hacer feliz a una mujer, ¿verdad? —continuó la anciana.

—Bueno, yo… haré lo que pueda.

—Eso espero, porque mi nieta merece ser feliz.

Unos cuantos segundos habían bastado para que Josh cambiara la opinión que tenía de Helen Jamieson. Siempre se la había imaginado como una mujer frágil, pero a pesar de ser pequeña y de tener una evidente mala salud, derrochaba energía y sonreía de forma muy inteligente.

Unos segundos después, Astrid anunció que la mesa estaba puesta y los instó a sentarse. Pero había tanta comida que Josh preguntó a Piper:

—¿A quién más estamos esperando?

—A nadie.

—¿Estás segura? Tu madre ha hecho comida suficiente para un batallón del ejército.

Piper sonrió.

—Bienvenido a mi casa. Solo espero que sea verdad que tienes hambre… Y por cierto: gracias.

Josh quiso decir que no debía agradecerle nada, pero no pudo; Piper se había sentado a su lado, y estaba tan cerca de él que no podía apartar la vista de sus preciosos ojos y de su sensual boca, ligeramente entreabierta en aquel instante.

Astrid comenzó a servir los platos y a Josh se le hizo la boca agua al contemplar todo lo que había preparado. Había pollo, patatas, judías con panceta, ensalada, panecillos y otras muchas cosas. Y cuando lo probó, le pareció tan bueno que dijo:

—Astrid, si las circunstancias fueran distintas, te pediría a ti que te casaras conmigo.

Charlie arqueó una ceja.

—Tenía la impresión de que no eras del tipo de hombres que se casa. Juraría haber oído que sales con muchas mujeres. Suena como si hubieras estado con la mitad de Houston.

Josh apretó los dientes ante la evidente agresión de Charlie, pero mantuvo el tipo.

—Con la mitad no sé, pero tal vez con un cuarto del total —bromeó—. Pero gracias a eso, ahora puedo apreciar realmente lo que Piper y yo tenemos, lo especial que es. Aunque ya sé que no necesitas que te lo cuente…

El alcalde lo miró con cara de pocos amigos.

—No, no hace falta. Conozco a Piper bastante bien. Crecimos juntos y hemos pasado por muchas cosas, por si no lo sabías.

—Por lo que me han contado, le pediste a Piper que se casara contigo. Y me alegra que te rechazara.

Charlie enrojeció de ira, pero antes de que pudiera contestar a Josh, Astrid decidió intervenir para detener la evidente hostilidad entre los dos.

—Me alegra que te guste la comida —dijo, retomando el comentario inicial de Josh—. La verdad es que hice lo posible por enseñar a mis hijas a cocinar.

–Piper hace una tarta de chocolate magnífica –comentó Josh–. Perfecta para desayunar.

–¿Es que desayunáis juntos muy a menudo? –preguntó Charlie.

Josh buscó una respuesta que no obligara a Fred a sacar su escopeta. Por suerte, Piper salió en su ayuda:

–Es una de las ventajas de vivir en el mismo edificio. Pero dejemos eso ahora. Mamá, ¿por qué no me cuentas qué ha pasado en el pueblo en todo este tiempo?

Astrid comenzó una larga disertación sobre los sucesos de la pequeña localidad y minutos más tarde, concluyó:

–Tu prima Stella ya ha salido de su último juicio por divorcio y ha regresado de San Francisco. ¿Y te acuerdas de Beth Ann Morrow, aquella chica con la que estudiaste? Pues está embarazada. Su madre tiene tanta suerte de estar a punto de ser abuela…

–No veo de qué te quejas –intervino Daphne–. En un par de meses no vas a tener un nieto, sino dos.

–¿Esperas gemelos? –preguntó Josh.

–Sí. Es la condena de la familia Blaine.

–¿Y cuándo vas a tomar la baja por maternidad? No me gusta la idea de que estés trabajando en semejantes condiciones –comentó Fred.

–No soy tan frágil, papá –se defendió Daphne–. Soy tan fuerte como un caballo, y en este momento, casi tengo el mismo tamaño. Pero solo trabajaré hasta las vacaciones de invierno. Después, me tomaré varios meses libres para estar con los bebés y no volveré a dar clases hasta después del verano del año que viene, si es que vuelvo.

–¿Si es que vuelves? –preguntó Piper.

Daphne asintió.

–Estoy pensando dejar el trabajo porque cuidar de dos niños es muy duro, aunque cuente con la ayuda de mamá y de la madre de Blaine.

–¿Vas a dejar a tus alumnos para convertirte en ama de casa? –preguntó Piper, espantada.

–¿Qué hay de malo en ser ama de casa? –preguntó Astrid.

–A mí también me gustan los niños –intervino Charlie, aunque nadie se lo había preguntado–. ¿Y a ti, Josh? ¿Te gustaría ser padre?

Josh nunca se había planteado ese problema, y estaba considerando la posible respuesta cuando Piper rio y se le adelantó.

–Charlie, el papel de interrogador le corresponde a mi padre, no a ti –bromeó.

Charlie no supo qué decir, así que no tuvo más remedio que callarse.

Cuando terminaron de comer, Astrid se empeñó en servirles otro plato y todos protestaron.

–Vamos, Daphne, tienes que comer por tres… Y tú, Piper, seguro que te has quedado con hambre. ¿Quieres más patatas, Josh?

Piper miró a Josh y dijo:

–Será mejor que empiece a quitar la mesa antes de que empiece con su manía de que la gente joven está demasiado delgada.

–Te ayudaré.

–Yo me encargaré de fregar –dijo Charlie–. Ten en cuenta que esta es como mi segunda casa, Josh.

Piper le puso una mano en el hombro y le susurró a Josh al oído:

–Ayúdame a sobrevivir este fin de semana y te aseguro que nunca más tendrás que volver.

–No puedo decir que tu exnovio me haya gustado –le dijo mientras se dirigían a la cocina.

—Creo que todos se han dado cuenta. Y aunque aprecio mucho tu magnífica actuación como novio celoso, tampoco hace falta que te lo tomes demasiado en serio.

—Bueno, puedo dejar de comportarme de ese modo si quieres. Si hay algo entre vosotros que quieras explorar…

—¿Bromeas? No pretendía insinuar nada parecido. Pero no hace falta que saltes a cada una de sus estupideces… Aunque como ya habrás notado, tenía buenas razones para no querer estar sola este fin de semana.

—Sí, ya me he dado cuenta. Pero recuerda que también está el asunto de tu abuela, su sueño de verte con un príncipe azul o algo así.

—Sí, por supuesto que sí.

Josh dio un paso hacia ella, le quitó el bol que llevaba en las manos y pensó que tal vez no debía hacer lo que estaba a punto de hacer.

—¿Sabes una cosa? Tengo una idea que hará que tu abuela estalle de felicidad.

Piper lo miró con desconcierto, pero parpadeó de forma coqueta y se puso de puntillas para recibir lo que sabía que estaba a punto de llegar.

Entonces, Josh la besó.

Él había imaginado muchas veces aquel momento, había intentado adivinar lo que sentiría al tenerla entre sus brazos y al probar su boca. Pero enseguida comprendió que la realidad era inmensamente más devastadora que la fantasía, y supo que no saldría indemne de aquel beso.

Pensó que posiblemente estaba cometiendo un grave error. Sin embargo, tampoco le gustaba dejar las cosas a medias.

Capítulo Seis

La sorpresa inicial de Piper se convirtió en un intenso y desenfrenado deseo. Intentó conservar la calma y convencerse de que aquello no era una buena idea, pero no lo consiguió. A fin de cuentas, qué otra cosa podía sentir, salvo deseo, cuando Josh le mordisqueaba el labio inferior y le lamía las comisuras con la punta de la lengua.

Se derritió contra él, casi literalmente, y abrió más la boca. En ese momento solo tenía una duda: por qué no se habían besado mucho antes.

Deseaba quitarle la camiseta y acariciarle los músculos. En ese instante, alguien carraspeó desde el salón. Era el padre de Piper.

Ella parpadeó al recordar dónde se encontraban y se apartó rápidamente de Josh. Casi agradeció la interrupción, porque habría sido capaz de hacerle el amor en cualquier lugar de la casa.

—Piper, yo…

—Ya hablaremos más tarde.

Piper se dirigió entonces a la cocina, pero Daphne la interceptó antes de que llegara.

—Así que no era nada serio, ¿eh? Pues a mí me parece bastante serio.

—Solo ha sido un beso —se defendió.

—La última vez que contemplé un beso tan apasionado, fue en una película —dijo, mientras le guiñaba un ojo a Josh, que se había quedado atrás.

Piper vio que Charlie arrojaba una bandeja sobre una de las encimeras de la cocina. Era obvio que los había visto y que no le había gustado nada.

–Ten cuidado con los platos –aconsejó Daphne, con ironía–. Llevan toda la vida en esta familia.

Había conseguido plenamente su objetivo. Todo el mundo creía que estaba saliendo con Josh y de paso le había dado una buena lección a su exnovio.

Sin embargo, la sensación que la dominaba era bien diferente. Estaba confundida, enfadada, excitada y llena de curiosidad. Le habría gustado saber si aquel beso le había afectado tanto a él como a ella, pero enseguida se recordó que no le interesaban las relaciones amorosas.

Cuando terminaron de llevar los platos a la cocina, Piper informó a su familia de que estaba cansada y de que pretendía ir al hotel para ver si tenían habitaciones libres.

–¿Josh y tú os vais a alojar en el hotel? –preguntó Charlie.

–En habitaciones separadas –puntualizó Piper–. Pero eso no es asunto tuyo.

–Solo lo preguntaba por curiosidad. Somos viejos amigos y es lógico que me preocupe por ti…

–Sé cuidar de mí misma, Charlie.

Su madre frunció el ceño.

–Ahora ya no necesitas cuidar de ti misma, Piper –dijo su madre–. Tienes a Josh.

Josh decidió salir en su ayuda.

–De hecho, soy yo quien necesita que lo cuiden. Piper me ayuda a organizarme y a concentrarme.

Piper deseó abrazarlo con fuerza. Pero prefirió no hacerlo porque tenía miedo de volver a tocarlo.

Todos los acompañaron al coche, menos la abuela, que permaneció en su mecedora. Y minutos después, se alejaron de la casa.

—Bueno, una noche menos... —dijo Piper, más relajada—. ¿Crees que podrás aguantar el resto del fin de semana, o vas a decirme que tienes que volver urgentemente a Houston?

Josh rio.

—Me quedaré contigo, aunque solo sea porque temo lo que podrías hacerme si me marchara ahora. Pero...

—¿Sí?

—Que no sé por qué te molesta tanto ver a tu familia. Es evidente que te adoran.

Piper también los adoraba, pero prefería tenerlos a varios kilómetros de distancia.

—¿Piper? —dijo Josh—. Sobre el beso de antes...

—No ha sido nada.

—¿Que no ha sido nada?

—En efecto.

Piper no quería hablar de lo sucedido. Además, pensaba que el beso formaba parte de la actuación de Josh porque hasta entonces nunca había mostrado el menor interés sexual por ella.

—Mira, aprecio el favor que me has hecho. No ha estado mal y hasta es posible que tengamos que hacerlo otra vez, pero solo delante de los testigos apropiados, por supuesto.

Minutos más tarde, mientras avanzaban por la oscura carretera, él comentó:

—No quiero hablar mal del lugar donde creciste, pero este sitio es espeluznante.

—¿Espeluznante? No puedo creer que un hombre al que no le asusta el nivel de inseguridad de Houston se asuste por un poco de oscuridad.

–Llevamos diez minutos en la carretera y todavía no hemos visto ni un solo coche. Lo encuentro desconcertante.

–Piensa que casi todo el mundo se acuesta a las nueve por aquí.

–Parece un sitio fascinante para vivir…

–Puede que no sea el sitio más fascinante del mundo, pero es limpio y está lleno de gente amable y… bueno, no está tan mal. Aunque es cierto que a mí no me gusta. Ese es uno de los motivos por los que rompí mi relación con Charlie.

–¿Lo de romperla fue cosa tuya, o de los dos?

–Mía.

Cuando divisaron el hotel, a Josh le pareció tan destartalado y poco acogedor que preguntó:

–¿Has elegido este lugar para estar lo más lejos posible de tus padres?

Ella rio.

–Las opciones hoteleras son más limitadas aquí que en Houston. Solo hay dos hoteles en el condado y este es el mejor. No es el Waldorf, pero el precio es razonable y las habitaciones están limpias.

–No, si a mí me da igual. Pero me ha extrañado que tu familia no nos invitara a quedarnos en tu casa.

–Lo habrían hecho de buena gana, pero no podían. Mañana llegan unos tíos de Luisiana y se van a alojar allí, así que no hay espacio.

Josh aparcó el vehículo y en ese momento Piper se dio cuenta de lo cansada que estaba. Había estado tan tensa toda la noche que no le quedaba ni una pizca de energía.

Reservaron dos habitaciones separadas, aunque contiguas, y Piper se retiró a la suya inmediatamente. Y ya estaba a punto de meterse en la cama cuando oyó que llamaban a la puerta.

Caminó hacia la entrada y abrió, pero no había nadie en el pasillo. Entonces, comprendió que el sonido no procedía de la puerta principal, sino de una lateral que no había notado hasta el momento y que evidentemente conectaba su dormitorio con la habitación de Josh.

–He olvidado la pasta dentífrica –comentó él, cuando Piper le abrió–. ¿Puedes prestarme un tubo? Seguro que llevas varias docenas entre todo tu equipaje.

Piper se puso a buscar entre sus cosas, pero estaba tan dormida que no podía encontrar nada.

–¿Por qué no vuelves a tu habitación y te vistes para irte a la cama o haces lo que estuvieras haciendo? Te llevaré el tubo dentro de un minuto.

–No suelo vestirme para irme a la cama, Piper. Normalmente, me desnudo –observó, con una sonrisa maliciosa–. Si quieres podría hacerlo ahora mismo, pero…

–No, no, no es preciso. No había pensado que durmieras desnudo… Pero bueno, eso es lo de menos –dijo, nerviosa–. Vuelve a tu dormitorio y espera un momento, ¿quieres?

Minutos más tarde, entró en la habitación con la pasta de dientes.

–Aquí la tienes. Pero devuélvemela por la mañana.

–¿Quieres usarla antes?

–No, estoy tan cansada que no podría ni cepillarme los dientes. Que te aproveche. Yo me voy a dormir.

Josh la acompañó a la puerta que comunicaba las dos habitaciones y la miró de forma tan seductora que ella se detuvo, hipnotizada, y pensó que iba a besarla otra vez.

Pero en el último minuto se lo debió de pensar mejor, porque se apartó y dijo, antes de cerrar la puerta:

–Buenas noches, Piper.

Piper sintió una profunda decepción, aunque enseguida se dijo que era mejor así. No quería complicar más las cosas.

Intentó no dar más vueltas al asunto, se quitó la ropa y se puso una camiseta para dormir. Pero cuando se metió en la cama, no tardó en comprobar que conciliar el sueño no iba a resultar tan fácil. La habitación estaba impregnada del aroma de Josh y no podía dejar de pensar en él.

Al cabo de un rato, tenía tanto calor que apartó las sábanas con furia como si necesitara aire. No podía creer que aquello le estuviera pasando a ella. Nunca le habían interesado las relaciones amorosas; estaba totalmente concentrada en su trabajo y lo último que deseaba, o eso creía, era desperdiciar energías en una aventura.

Además, tenía miedo de despertarse un día y descubrir que se había convertido en una especie de Daphne, en alguien capaz de renunciar a sus objetivos, a su trabajo y a su proyecto de vida a cambio de ser ama de casa y criar a sus hijos.

Intentó convencerse de que solo estaba cansada. Pero a pesar de eso, sospechaba que no podría dormir. Josh estaba desnudo a escasos metros, y lo único que los separaba era una puerta tan fina que podía oír su respiración.

***

A la mañana siguiente, cuando detuvieron el vehículo frente a la casa de los padres de Piper, él dijo:

–Recuérdame cuál es el plan de hoy.

–Yo tengo que hacer cosas de mujer. Y tú…

–Deja que lo adivine… ¿Cosas de hombre?

–Me temo que sí. Había pensado que podías pasar un rato con mi padre. A menos que prefieras venir conmigo a ver el vestido de novia de mi prima y llevar después a Daphne al tocólogo.

–Creo que probaré suerte con tu padre.

Justo en ese instante oyeron la voz de Charlie.

–¿Qué os pasa? ¿Estáis discutiendo? –preguntó, mientras se acercaba a ellos–. Espero que no hayan surgido problemas en vuestro pequeño paraíso…

–Tal y como yo lo veo, el único problema de este paraíso son las serpientes que se empeñan en meterse donde no las llaman –dijo Josh.

Piper miró a Charlie, algo extrañada. Sabía que seguía interesado en ella, pero había imaginado que cambiaría de actitud después de lo sucedido la noche anterior. Obviamente, se había equivocado.

–¿Qué haces aquí esta mañana? –le preguntó.

–Le dije a tu padre que vendría pronto para ayudarlo a cargar las balas de heno de tu tío.

–Un bonito detalle por tu parte…

–Bueno, en cierta forma lo hago porque me siento culpable por la forma en que te traté. Suena estúpido, pero es verdad que no me di cuenta de lo que había perdido hasta que te marchaste –confesó Charlie–. Pero no estuvo tan mal, ¿verdad? También tuvimos buenos tiempos…

–Sí, Charlie, pero eso pertenece al pasado. Y a un pasado muy lejano. Ahora estoy con Josh.

Como para reforzar sus palabras, Josh se acercó a ella y le pasó un brazo alrededor de la cintura. Piper se estremeció al sentir su contacto, y estuvo a punto de desmayarse cuando él se inclinó y la besó suavemente en el cuello.

Por suerte para ella, Daphne eligió aquel momento para hacer acto de presencia.

–¿Ya estás preparada, Daphne?

–Sí. Te agradezco mucho que me lleves al médico. Blaine no podía tomarse el día libre y mamá tiene que ir al hospital con Nana –respondió ella–. Buenos días, Josh… ¿qué vas a hacer hoy?

–Estar un rato con tu padre. Piper ha dicho que sería divertido.

–¿Divertido? Bueno, si eso es lo que ha dicho… –comentó con ironía.

–No te preocupes por él. Yo también estaré aquí, así que ayudaré a Josh –dijo Charlie.

Piper estuvo a punto de decir algo bastante ofensivo a su exnovio, pero prefirió callar y dirigió una mirada a Josh para que él hiciera lo mismo. Ya habían probado con la estrategia del antagonismo y por lo visto no evitaba los comentarios de Charlie, así que podían probar a no hacerle caso.

–Que tengas una buena mañana, Josh –se despidió Daphne–. Ya te veré esta tarde en… la cosa.

–¿Qué cosa? –preguntaron los dos hombres al unísono.

Piper no le había dicho nada a Josh porque no se había atrevido. Pero pensó que aquel era el mejor momento. A fin de cuentas tenía que marcharse de inmediato con su hermana y no tendría que quedarse allí para dar explicaciones.

–¿Recuerdas que mencioné que mi familia aprovechaba las reuniones para hacer todo tipo de cosas?

–Sí, lo recuerdo –dijo Josh, metiéndose las manos en los bolsillos.

–La verdadera reunión familiar será mañana, pero esta tarde nos reuniremos algunos familiares y amigos de Daphne con Mandy.

–¿Y se puede saber quién es Mandy?

–Una de mis primas –le recordó–. Es la que se va a casar, ya sabes… precisamente vamos a ver luego su vestido, lo que me lleva al asunto de esta tarde. Es una especie de fiesta de parejas, en honor a los gemelos que espera mi hermana y a la boda de mi prima.

–¿Una fiesta?

–Bueno, algo parecido.

–¿Y por qué no me habías dicho nada?

–Porque di por sentado que sería una reunión solo para mujeres. Pero mi madre me sacó anoche del error y olvidé comentártelo.

–Comprendo…

–Venga, no será tan terrible. Te prometo que a cambio te prepararé todas las tartas de chocolate que quieras.

Josh la miró y negó con la cabeza.

–No sé por qué, pero algo me dice que me voy a arrepentir…

–Venga, Josh, solo será una tarde.

–Está bien, está bien, iré –dijo él, pasándose una mano por el pelo–. Pero me deberás una.

Piper sonrió y dijo:

–Haré lo que quieras.

Capítulo Siete

—¿Lo que yo quiera? Bueno, en ese caso iré sin dudarlo. Pero te adelanto que haré una lista con todo lo que te voy a pedir. Por cierto, ¿hay algún lugar donde pueda comprar aceite para masajes?

Piper se dijo que solo estaba bromeando, como siempre. Pero por alguna razón, le pareció que esta vez había un fondo totalmente serio en sus palabras. O tal vez fuera que cada vez se sentía más atraída por él y que ya no era capaz de distinguir la realidad del deseo.

A pesar de todo, intentó sonar divertida e incluso rio.

—¿Aceite para masajes? ¿En Rebecca? Oh, vamos... Tendrías que ir al siguiente condado para encontrar una tienda donde vendan cervezas.

—Bueno, después del beso de anoche, sospecho que no hay nada que pueda mejorar el contacto de tu cuerpo.

—¡Josh! —protestó ella.

Daphne se había alejado un poco con Charlie para dejarlos a solas, pero en ese momento se acercó otra vez.

—Siento interrumpirte, Piper, pero...

Piper no se había alegrado tanto de que la interrumpieran en toda su vida.

—Sí, es verdad, vámonos...

Las dos mujeres se alejaron y se metieron en el

coche. Cuando ya habían arrancado, Daphne le preguntó si todo iba bien con Josh.

–Sí, perfectamente –respondió ella.

–¿He interrumpido algo importante?

–No, solo estaba contándole los detalles de lo de esta tarde.

–Ah, por cierto, Charlie también va a asistir.

–¿Y con quién piensa ir?

–Con nadie. Va a ir solo. No estaba en la lista de invitados original, pero cometí el error de mencionarlo delante de él y… bueno, ¿qué podía hacer? Conozco a Charlie de toda la vida y a Josh solo desde hace doce horas.

Piper suspiró.

–Qué se le va a hacer.

–¿Estás segura de que quieres arriesgar tu relación con Josh por el procedimiento de dejarlo a solas con papá toda una mañana?

–Josh es un tipo duro.

–No lo dudo, pero ¿debo recordarte lo que hizo cuando Blaine y yo comenzamos a salir? Dijo que quería estar a solas con él para hablar de hombre a hombre y salieron a montar. Se empeñó en que montara a Thunder, el caballo más incontrolable de los establos… El pobre Blaine estuvo varios días sin poder sentarse. Hasta pensó que nunca podría tener hijos.

Piper miró la barriga de su hermana y comentó:

–Bueno, creo que no os debéis preocupar por eso. Además, papá hizo eso porque os descubrió a los dos en el granero.

–¿Y crees que no os vio anoche, besándoos?

–Pero eso solo fue un beso…

–Si tú lo dices…

–¿Por qué suenas tan escéptica?

–¿Por qué te has ruborizado? –contraatacó.

Piper intentaba convencerse de que aquel beso, y la actitud de Josh durante la mañana, solo formaban parte del plan para convencer a su familia de que realmente estaban saliendo juntos. Pero en el fondo, sabía que había algo más. Lo notaba en ella. Y lo notaba en él.

–Gira a la izquierda en la siguiente calle –le indicó su hermana.

Antes de ir al tocólogo, decidieron pasar por la boutique donde habían hecho el vestido de Mandy. Su prima tenía que probárselo aquella mañana y había insistido en que estuvieran presentes para que le dieran su opinión.

Tras aparcar el coche, cruzaron la calle y entraron en la tienda, que estaba llena de vestidos de todos los colores y tejidos imaginables, por no mencionar la ropa interior de fantasía y hasta el último de los complementos necesarios para una boda.

Como no vieron a nadie en la sala delantera, se dirigieron hacia las salas del fondo. Y en una de ellas, que estaba llena de espejos, se encontraron con Mandy, su madre y Stella.

–¡Piper! –exclamó Mandy al verla–. Hacía siglos que no te veía…

Las dos mujeres se abrazaron con fuerza.

–Por lo menos ha venido. No estaba segura de que lo hiciera –comentó la madre de Mandy.

–Te dije que vendría.

–Sí, bueno… Venga, Mandy, pruébate de una vez ese vestido.

Mandy desapareció alegremente por uno de los probadores junto con la dependienta.

–Ni siquiera sé por qué se ha molestado en gastarse tanto dinero en un vestido –dijo entonces Stella–. Tengo tres que serían perfectos para ella y le dije que le prestaba el que más le gustara.

En opinión de Piper, Stella era víctima del síndrome de la necesidad de estar acompañada. Odiaba estar sola, y eso la llevaba a tomar decisiones absurdas y casarse con hombres inadecuados.

En cuanto tuvo ocasión, le susurró a Daphne:

–¿Stella está saliendo con alguien?

–Por lo que sé, no.

–Me alegro, pero ¿no le ha dicho nadie que se puede vivir sin estar permanentemente con un hombre?

Daphne arqueó una ceja.

–Se puede, es cierto, pero tampoco hay nada de malo en lo contrario. Piensa en lo feliz que eres con Josh. Stella quiere ser tan feliz como tú… se siente sola, eso es todo.

–La soledad no es razón para casarse tres veces.

–No, pero hay otras muchas razones para casarse.

–Empiezas a hablar como mamá.

Daphne conocía a su hermana y sabía que estaba molesta con ella, así que preguntó:

–¿Hay algo que me quieras decir?

–Ahora que lo dices, sí. Ayer me dejaste muy sorprendida cuando dijiste que estabas considerando la posibilidad de dejar tu trabajo para cuidar de los niños.

–En primer lugar, todavía no he tomado una decisión. En segundo lugar, lo que es bueno para una persona no lo es necesariamente para otra, así que no deberías juzgar tan a la ligera. Y en tercer lugar, eres una condenada hipócrita –declaró.

–¿Cómo? –preguntó.

Piper sabía que su tía y Stella las estaban observando a cierta distancia, pero en ese momento no le importó que pudieran oírlas.

–Me refiero a tus discursitos sobre la independencia y las mujeres. ¿Qué pasa, que estoy obligada a tomar las decisiones que tú tomarías?

–No, por supuesto que no.

–¿Seguro que no? Entonces, ¿por qué te empeñas en juzgar a todo el mundo?

En ese momento se abrió la puerta del vestidor y la voz de Mandy interrumpió la discusión.

–¿Qué os parece? ¿Os gusta?

Piper la miró sin demasiado interés y contestó, de forma automática:

–Es maravilloso…

Su mente, desde luego, no estaba en el vestido de su prima. Ya no sabía qué pensar.

Atrapado en la parte delantera de un todoterreno, entre el padre de Piper y Charlie, Josh apretó los dientes mientras avanzaban por un camino lleno de enormes baches. Fred había dicho que tener un todoterreno no tenía sentido si se dedicaba a tomar buenas carreteras, y por otra parte había asegurado que por ese camino llegarían antes a la casa.

Aunque no se podía decir que ardiera en deseos de asistir a la fiesta de la tarde, supuso que no podía ser peor que su experiencia matinal. Habían estado jugando al póquer y Fred le había enseñado varios álbumes de fotografías familiares, pero Josh se había sentido muy incómodo; no se trataba solo del hecho evidente de estar mintiendo a esas personas, sino también de los permanentes y agresivos comentarios de Charlie, quien no perdía ocasión de recordarle que había salido con Piper.

Sin embargo, el hecho de que su noviazgo con ella fuera una simple farsa destinada a hacerle un favor, no significaba que Piper no le importara. Le importaba mucho. Tenía la impresión de que, después de besarla y de acariciarla, aunque solo hubiera sido brevemente, estaba condenado. Sobre todo, porque aquella mañana había notado que ella también lo deseaba.

Su relación, que hasta unos meses atrás se había limitado a una buena amistad, había cambiado.

—Bueno, cuéntame en qué trabajas exactamente —dijo Fred en ese momento.

Josh se alegró de que alguien interrumpiera el curso de sus pensamientos y le dio una larga explicación sobre su trabajo. Mientras hablaba, él mismo se dio cuenta de que últimamente había tenido bastante éxito profesional, y de que tal vez ésa fuera la causa de que estuviera saliendo menos.

Después, Fred comentó algo sobre la desgracia de tener que asistir a la fiesta que habían organizado las mujeres y acto seguido añadió:

—Es una forma horrible de perder el tiempo, ¿verdad? Pero Astrid me mataría si no voy. Esa mujer no tiene piedad. Me da miedo.

—Comprendo lo que sientes —murmuró Josh.

El padre de Piper sonrió.

—Te creo, Josh. Te creo.

***

66

Piper estaba dando golpecitos en el brazo de la silla de plástico en la que se había sentado. Se encontraban en la sala de espera del obstetra, junto con un montón de mujeres embarazadas. Todas ellas sonreían cuando sus miradas se cruzaban. Todas, menos una: Daphne, que estaba sentada a su lado.

–Daphne, yo…

–No digas nada.

Piper parpadeó.

–¿Seguro?

–Sé que te cuesta mucho disculparte, hermanita –dijo, con una sonrisa inesperada–, así que puedes ahorrarte las palabras. Además, también es culpa mía. O de mis hormonas, que me tienen dominada.

–Entonces, ¿no estás enfadada?

–No, qué va.

A pesar de lo que acababa de decir, Piper aún notaba la tensión entre ellas. Así que se alegró cuando Daphne cambió de conversación.

–¿Te importa que pasemos un momento por mi casa cuando terminemos aquí? Blaine y yo nos levantamos tarde esta mañana y tuve que ir con mamá para ayudarla a preparar las tartas para esta tarde, así que olvidé el regalo de Mandy.

–No hay problema. De todas formas, quería ver la habitación de los niños…

–Magnífico. Y ya que pasamos por mi casa, puedes echar un vistazo al armario por si encuentras algo que te guste.

–¿Insinúas que mi ropa tiene algo de malo? El jersey es bonito y los pantalones son nuevos…

–No pretendo criticarte, sino ayudarte. Si no haces algo, mamá se pasará toda la tarde criticándote por tu atuendo. Dirá que pareces salida de una oficina.

–Es verdad, será mejor que me cambie. ¿Podrías ayudarme con mi pelo y con el maquillaje? Siempre has sido más capaz con esas cosas que yo.

Daphne miró el reloj de la sala de espera y dijo:

–Solo espero que no tardemos mucho en entrar en la consulta. Es una simple comprobación de rutina y no debería tardar demasiado, pero nunca se sabe.

En ese momento apareció una enfermera y dijo:

–¿Daphne Wallace? Ya puede pasar a la consulta.

Daphne y Piper se levantaron y entraron en la sala del médico. Piper se mantuvo apartada mientras el tocólogo le tomaba la tensión y la pesaba, así que aprovechó la ocasión para pensar en su hermana y en las decisiones que había tomado.

Podía comprender que quisiera ser madre y que le gustara el matrimonio, pero no comprendía que aceptara una relación tan desigual. Aunque era evidente que Blaine estaba enamorado de ella, también lo era que no hacía demasiados sacrificios. Él seguía con su vida de siempre, en el rancho, y ella, en cambio, debía renunciar a su trabajo para convertirse en ama de casa.

Definitivamente, no se podía decir que estuviera de acuerdo con las decisiones que tomaban las mujeres de su familia.

Pero unos segundos más tarde, olvidó el asunto. El tocólogo acababa de colocar un aparato en la tripa de Daphne y de repente se oyó un sonido extraño en toda la sala.

–¿Son sus corazones? –preguntó Piper.

—Sí —asintió su hermana, encantada.

Piper se enterneció sin poder evitarlo y por un momento sintió envidia de ella. Pero nunca había dicho que no quisiera ser madre algún día; solo decía que la vida era algo más que la maternidad y las relaciones sentimentales.

Lamentablemente, aquel asunto le recordó de nuevo a Josh. Después de todo lo que había pasado, empezaba a considerar la posibilidad de que fuera el hombre de su vida. Sin embargo, no tardó en caer en las explicaciones de siempre e intentó convencerse de que el deseo no la permitía pensar con claridad.

Al fin y al cabo, el amor y el sexo no eran lo mismo. Solo tenía que recordarlo con más frecuencia.

Capítulo Ocho

Fred aparcó el todoterreno entre la media docena de vehículos que se encontraban frente al ayuntamiento.

—Bueno, ya hemos llegado —dijo, con tono de sargento dirigiéndose a sus tropas.

Acababan de salir del vehículo cuando Astrid se dirigió hacia ellos.

—¡Fred, llegas tarde!

—Pero si no empieza hasta dentro de veinte minutos...

—Eso no importa. Te pedí que estuvieras cuarenta y cinco minutos antes para ayudarme con las cosas, por si lo habías olvidado.

—¿Me perdonarías si te doy un beso? —preguntó.

Fred abrazó a su esposa y Charlie y Josh apartaron la vista, tan incómodos como divertidos con la escena.

—Ah, ya veo que habéis llegado...

Esta vez, era Piper. Josh la miró de inmediato y se llevó una buena sorpresa.

Su aspecto había cambiado por completo. Llevaba una falda azul que dejaba ver sus preciosas piernas y un jersey a juego que hacía que sus ojos brillaran como el mar Caribe. Además, se había soltado el cabello, que brillaba bajo el sol.

Nunca había visto a una mujer tan bella. De hecho, hasta Charlie suspiró al verla.

Josh se acercó a ella en tres largas zancadas porque no quería que el alcalde se hiciera ilusiones con su exnovia. Después, se inclinó sobre ella y la besó sin pensárselo dos veces.

Ella gimió, sorprendida, pero también lo besó. Y Josh la encontró tan fascinante que, de haber estado solos, probablemente no habría podido controlarse. Pero no lo estaban, así que se apartó de ella a regañadientes y miró al ángel que todavía tenía entre sus brazos.

–Guau… –dijo Piper segundos después.

–Sí, guau… Estás increíble, por cierto. Ni siquiera sabía que tuvieras faldas.

–De hecho, es de Daphne. Pero no hace falta que hagas estas cosas para ayudarme. Con un abrazo de vez en cuando, bastaría.

Aquello no era precisamente lo que Josh esperaba oír, pero a fin de cuentas solo decía lo que ya sabía, que entre ellos no había espacio para nada más.

–No te preocupes, no te volveré a besar de ese modo –dijo él, aunque sabía que no podría cumplir su palabra–. Es que nunca te había visto con el pelo suelto…

–¿En dos años? Vamos, seguro que sí…

–No. Siempre lo llevas recogido con una coleta o un moño.

–Eso no puede ser. Me lo recojo cuando voy al gimnasio y en el trabajo, pero… ¿Es verdad que nunca lo llevo suelto? –le preguntó, sinceramente sorprendida.

–No me malinterpretes. Estás bien de todas formas, pero no esperaba algo así.

–Si alguien ha sorprendido a alguien, ese alguien has sido tú –declaró, en referencia al beso–.

Pero, ¿qué tal te ha ido con mi padre? ¿Te ha preguntado cuáles son tus intenciones?

—No. Creo que sabe de sobra que eres capaz de cuidar de ti misma. Solo me preguntó si nos conocimos en el edificio donde vivimos o en el trabajo, y le contesté que te conocí en un bar porque te acercaste con intención de acostarte conmigo.

Ella lo miró con furia.

—Es una broma… —continuó él—. Le dije que nos conocimos en el trabajo y que me encanta trabajar contigo. A fin de cuentas eres la mejor diseñadora que conozco. Después de mí, claro.

—¿De verdad crees que tengo talento?

—Sabes que sí —dijo, mientras le abría la puerta del ayuntamiento—. Eres la mejor y tus jefes tienen muchísima suerte contigo.

—Gracias… Me gusta oír esas cosas de vez en cuando —confesó—. ¿Y a qué habéis dedicado la mañana?

—Fundamentalmente, a jugar al póquer. Tu amigo Charlie es el único político que conozco que no es capaz de jugar de farol. Después, tu padre me enseñó fotografías de tu familia y de tu infancia… me contó que a los diecisiete años ya querías comerte el mundo, que intentó convencerte para que te quedaras en Rebecca y que te negaste porque eres más terca que una mula.

Piper se detuvo y lo miró.

—¿Todavía está enfadado conmigo?

—No me dio la impresión de que ni él ni tu madre estén enfadados contigo. En todo caso, solo un poco preocupados.

Ella suspiró.

—Bueno, debo admitir que con ellos siempre he sido un poco… En fin, olvídalo —dijo ella, dejando interrumpida la frase–. Le prometí a Mandy que la ayudaría y no podré hacerlo si seguimos en este pasillo. Sígueme. La sala que hemos alquilado se encuentra al fondo.

Josh la siguió y pensó que la vida podía llegar a ser muy irónica. Él siempre se había sentido fuera de todo porque su infancia había sido extremadamente solitaria; y curiosamente, a Piper le pasaba lo mismo aunque había crecido en el seno de una familia que la adoraba. Nunca habría pensado que tuvieran tantas cosas en común.

Poco después, entraron en una sala decorada con confeti y globos de colores por todas partes. La decoración resultaba tan naif que deseó salir corriendo a toda velocidad, pero se contuvo.

Piper se alejó entonces con la excusa de que tenía que ayudar a su prima y lo dejó solo. Por suerte, Blaine y unos cuantos hombres más estaban sentados a poca distancia, así que se sintió muy aliviado cuando se dirigió hacia ellos.

–He pensado que Piper y tú podríais alojaros con Daphne y conmigo en lugar de estar en el hotel –dijo Blaine cuando lo vio–. A no ser que no quieras arriesgarte a estar presente cuando mi esposa dé a luz, cosa que comprendería…

Josh se limitó a sonreír porque no se le ocurrió una salida menos comprometida. Aquella gente empezaba a caerle bien y le disgustaba tener que mentirles. Además, su relación con Piper había cambiado de tal modo que empezaba a hacerse preguntas extrañas sobre el amor y las relaciones.

De nuevo, se dijo que no debía encapricharse demasiado de ella si no quería terminar con el corazón roto. Pero tratándose de Piper, sus buenas intenciones no servían de nada.

Piper se quedó en la mesa donde habían instalado el bufé y se dedicó a servir las bebidas y la comida según se iban acercando los invitados. Pero mientras lo hacía, no dejaba de admirar a Josh, que estaba sentado en una mesa cercana.

Le gustaba su cabello, su perfil, su actitud, todo en él. Una y otra vez volvía a recordar sus besos y se dejaba llevar por fantasías eróticas de tal calibre que pensó que se estaba volviendo loca.

–Vaya, pero si es Piper… Sigues tan bajita como siempre.

Al oír la conocida voz, Piper se dio la vuelta.

–Hola, tío Joe. Y tú, sigues tan calvo como de costumbre –bromeó.

El padre de Mandy se acercó a ella y le dio un fuerte abrazo.

–Siempre me gustaste, pequeña. Eres inteligente y tienes carácter. Tu padre me ha dicho que las cosas te van muy bien en Houston… la verdad es que todos estamos muy orgullosos de ti.

Aquello era nuevo para ella.

–Y yo que pensaba que era la oveja negra de la familia…

Antes de que su tío pudiera contestar, Josh se acercó de repente.

–Vaya, tenía ganas de conocerte. La madre de Piper me ha hablado mucho de ti –dijo Joe–. Pero déjame que te dé un consejo: si alguien intenta convencerte de que te cases, huye a toda velocidad. No te puedes imaginar lo complicadas que pueden llegar a ser las bodas. Creo que es lo único que me han enseñado mis hijas.

Piper se quedó asombrada con el comentario de su tío. La idea de que Josh quisiera casarse con alguien le pareció tan absurda que le dejó sin habla. Pero por fortuna, Joe no notó su desconcierto. Echó un vistazo a su alrededor y se marchó porque tenía que ayudar a Nana.

—¿Estás bien, Piper? —preguntó entonces Josh.

—¿Qué?

—Tu tío no estaba hablando en serio. Era una simple forma de entablar una conversación.

—Eso espero, porque no tengo intención alguna de casarme.

—Bueno, en eso también coincidimos.

Cuando todos los invitados estaban sentados y disfrutando de la comida, Mandy y Daphne se dirigieron en compañía de sus maridos a la mesa donde estaban los regalos y comenzaron a abrirlos.

—No se tú —murmuró Piper a Josh—, pero yo preferiría escapar de aquí antes de que a alguna de mis primas o tías se les ocurra un juego estúpido.

—¿Un juego estúpido? ¿Eso es lo que hacéis en este tipo de fiestas? ¿Jugar?

—Bueno, si fuera una fiesta exclusivamente para mujeres, es posible que nos dedicáramos a beber alcohol y contar historias de sexo.

—Vaya, vaya… —dijo él, con ojos brillantes—. ¿Y qué tipo de historias cuentas tú?

—Bueno… Bah, olvídalo. Hagamos una cosa: presentémonos voluntarios para limpiar las mesas y así podremos marcharnos de aquí antes de que empiecen a enseñarnos cómo se ponen los pañales a un bebé o algo parecido.

—Suena apasionante, desde luego…

Los dos se levantaron y minutos después se en-

contraban en la cocina, ante una pila impresionante de platos que alguien debía fregar. Pero estaban solos, y la tensión sexual entre ellos era tan
innegable que hasta el detergente líquido les pareció interesante.

Sin embargo, no tuvieron ocasión de dedicarse
a cosas más placenteras. Al cabo de unos segundos, apareció Stella. Y tras ella, Mandy.

Tardaron un buen rato en fregar todos los platos, vasos y cubiertos. Piper no tenía ninguna prisa
en regresar a la sala, pero la única opción era permanecer en la cocina con Josh, dado que Stella y
Mandy se acababan de marchar.

—Si no supiera que todo esto es una farsa, pensaría que tu expresión significa algo —comentó
Josh.

Él se había apoyado en una de las encimeras y
la observaba con atención.

—Y si yo no supiera que todo esto es una farsa,
pensaría que me besaste en serio en el aparcamiento —contraatacó ella.

—¿Me estás preguntando si fue real? ¿Quieres
que lo sea?

—Lo que creo es que deberíamos marcharnos
de aquí —respondió, nerviosa.

—La idea de venir a la cocina ha sido tuya.

—Sí, pero no quiero ser completamente antiso-
cial.

—¿Seguro que es por eso? Yo diría que intentas
huir otra vez…

—¿De quién? ¿De ti?

—Sí, de mí.

Ella rio con ironía.

—¿Crees que debería tener miedo de ti? Oh, vamos, sé que eres totalmente inofensivo.

–Tienes razón en una cosa: nunca te haría el menor daño. Jamás haría algo que pudiera dolerte, Piper.

–Lo sé.

–Sin embargo, a veces tengo que hacer verdaderos esfuerzos para recordármelo. Es verdad, será mejor que nos vayamos de aquí.

Piper lo siguió fuera de la cocina y se preguntó qué habría pasado para que cambiara tan rápidamente de actitud. Llevaba dos años tomándole el pelo y riéndose a su costa y ahora, de súbito, parecía querer protegerla. O tal vez fuera que intentaba protegerse a sí mismo.

En cuanto entraron en la sala, Daphne los invitó a sentarse con Charlie y los demás y se dirigió a su hermana.

–Has vuelto justo a tiempo.

–¿A tiempo de qué?

–Queríamos esperar a que se marchara la gente y solo quedáramos los amigos. Ha llegado el momento de abrir los regalos especiales para Mandy y Donald, los regalos para su luna de miel.

En ese momento, todo el mundo estalló en carcajadas. Donald acababa de abrir un paquete lleno de preservativos con la leyenda «Recién casados». Y segundos después, Mandy se encontró con una botellita de aceite para masajes.

–¿Pero no me habías dicho que no se podían conseguir esas cosas en Rebecca? –preguntó Josh.

Daphne rio, Charlie se ruborizó y Piper miró a su amigo, avergonzada. Evidentemente, su hermana habría malinterpretado el comentario.

–Es verdad que no podrías comprarlo en Rebecca –dijo Daphne–, pero se puede comprar por Internet. Que sea un pueblo pequeño no quiere decir que no tengamos todos los adelantos técnicos.

–Me alegra saberlo –dijo Josh con malicia.

Mandy y Donald siguieron abriendo los regalos. Todos eran objetos a cual más erótico, y precisamente estaba preguntándose cómo era posible que Mandy pudiera ponerse algunas de las prendas que le habían regalado cuando miró a Josh y notó la expresión de su mirada. Cualquiera se habría dado cuenta de que la estaba imaginando con ropa de fantasía.

Incómoda, decidió salir de allí.

–Voy al cuarto de baño –dijo.

Daphne se levantó con ella.

–Yo también.

En cuanto estuvieron en el servicio de señoras, Daphne dijo:

–Así que quería comprar aceite para masajes…

–No pienso comentar nada al respecto –gruñó Piper.

–Muy bien, como quieras. En ese caso, tendré que imaginármelo yo misma, pero algo me dice que debe de ser un magnífico amante. Es tan alto y tiene unas manos tan grandes que…

–¡Daphne!

–Venga, hermanita… Mis hormonas me traen por la calle de la amargura, y mi embarazo está tan adelantado que ya ni siquiera puedo mantener una vida sexual sana. Deja que al menos disfrute contigo.

–A decir verdad, Josh y yo todavía no hemos explorado ese campo.

–¿Qué? Y yo que pensaba que habías mentido al decir que ibais a alojaros en habitaciones separadas… Pero esto es casi mejor.

—¿Casi mejor? No te entiendo. Pensaba que esperabas una narración de sexo duro.

—No me refiero a eso. Me refiero a que todavía estás en esa etapa de sentimientos de anticipación, de puro romanticismo… es algo maravilloso, aunque también desesperante.

Piper no lo habría definido mejor. Pero naturalmente, tampoco estaba dispuesta a darle la razón.

—¿Qué vais a hacer esta noche, por cierto? —continuó su hermana—. Nosotros vamos a ir a un club. No puedo bailar en mi estado, pero puedo sentarme y disfrutar de la música… tengo entendido que toca un grupo de Austin.

—Si a Josh le parece bien, por mí, perfecto. Si ha sido capaz de tragarse esta fiesta, dudo que le moleste tomarse unas copas.

—Se ha portado bastante bien. Blaine, en cambio, no ha dejado de quejarse. Pero Josh te mira de tal forma que cualquiera diría que te seguiría hasta el fin del mundo.

Piper no dijo nada, así que Daphne siguió hablando.

—Sé que no habéis pensado en la posibilidad de casaros, pero no dudo que solo será cuestión de tiempo y que…

Desesperada, Piper decidió contarle la verdad.

—Daphne, ni siquiera estamos saliendo.

—Oh, vamos, no digas tonterías.

—Te estoy diciendo la verdad. Le dije a mamá que iba a cenar con alguien y ella dio por sentado que tenía novio. Así que Josh, que es un buen amigo, se prestó voluntario para hacerse pasar por ese novio inexistente.

—Estás bromeando, claro…

–Me temo que no.

–¿Me has mentido? ¿Cómo has podido hacer algo así? –preguntó Daphne, indignada–. Sé que mamá puede llegar a ser insoportable y no dudo que se lo ha buscado, pero yo... Antes nos contábamos todas las cosas.

–Lo siento. Lo siento mucho.

Su hermana suspiró.

–Bueno, está bien... De todas formas, y después de lo que estoy viendo este fin de semana, eso ya no tiene importancia. Ahora no hay duda de que sois realmente pareja. La vida puede llegar a ser muy irónica...

–¿Es que no has oído lo que acabo de decirte? No somos pareja y no hay ninguna ironía en todo esto.

–Piper, estás hablando con tu hermana. Te conozco y he visto cómo lo miras.

–Es cierto que lo miro. Josh es un hombre muy atractivo y no hay nada malo en admirarlo de vez en cuando.

Daphne la observó con intensidad durante unos segundos. Y después, empezó a reír.

–No, querida mía, no me refiero a esa forma de mirar. Me refiero a la otra... porque es evidente que te has enamorado de él.

Capítulo Nueve

Horas más tarde, Piper seguía sin poder quitarse la ridícula sentencia de la cabeza y maldecía a Daphne por tener una imaginación tan febril como para acusarla de estar enamorada de Josh.

–No, no lo estoy –se dijo Piper, mientras se cepillaba el cabello.

La mujer que se reflejaba en el espejo de la habitación del hotel no parecía muy convencida.

–Olvídate de eso y termina de arreglarte –se reprendió.

Era más fácil decirlo que hacerlo.

Josh y ella habían tenido tiempo más que suficiente para regresar al hotel a prepararse para salir por la noche. Al menos, habría sido suficiente para una mujer que no se hubiera aplicado, quitado, y vuelto a aplicar el maquillaje, sin mencionar los numerosos cambios de ropa.

Al recordar la admiración con la que Josh la había mirado aquella tarde, lo primero que pensó fue llevar una falda corta. Sin embargo, pronto descartó la idea, porque se acordó de que las cosas habían empezado a ir mal con Charlie por culpa de una prenda de aquel tipo.

Una vez descartada la minifalda, eligió unos cómodos vaqueros y trató de compensar la diferencia con un maquillaje sensual y el pelo rizado. No tardó en darse cuenta de que era una estupidez, porque, aunque aquella noche hiciera fresco, el baile la acaloraría y se le arruinarían el maquillaje y el peinado. Además, no estaba segura de que fuera una buena idea hacer nada que se pudiera interpretar como sensual. El problema era que, aunque no quería seducir a Josh, quería sentirse atractiva cuando estaba con él.

Por suerte, el resultado final no reflejaba lo mucho que había estado trabajando en su peinado. En cuanto al maquillaje, se limitó a ponerse un poco de sombra en los párpados y a colorearse la boca con un brillo que, en la caja de presentación, prometía labios besables.

Por último decidió volver a ponerse los vaqueros negros ajustados que había usado por la mañana, acompañados por un elegante jersey rojo con un escote bastante más pronunciado de los que solía usar.

Justo cuando se estaba diciendo que había conseguido dar con el vestuario correcto, Josh llamó a la puerta. Sin hacerlo esperar, Piper cruzó la habitación y le abrió.

Josh llevaba una camisa de manga larga, en un tono de vaquero mucho más claro que el de los pantalones. Llevaba varios botones de la camisa desabrochados y recordó que la noche anterior había caído en la misma trampa, mirándole el pecho semidesnudo y deseando arrancarle la camisa de un tirón.

–Hola –dijo él, con una sonrisa desenfadada–. ¿Estás lista?

Desde que se habían marchado de la reunión familiar, la conversación entre ellos había sido trivial. Pero así, habían evitado los silencios incómodos, los temas escabrosos y los coqueteos.

Piper siguió a Josh hacia las escaleras del hotel. Lo observó mientras caminaban y pensó que por hombres como él se habían inventado los vaqueros.

Cuando subieron al coche, a Piper se le cruzó por la cabeza una idea que la inquietó. Siempre había pensado que Josh era alguien que tenía mucho más para ofrecer que un par de noches de diversión y que, sin duda, encontraría una chica agradable con la que compartir sus días. Sin embargo, la posibilidad de que estuviera con otra mujer había comenzado a resultarle muy irritante.

Se dijo que lo que le ocurría era que tenía miedo de ser desplazada si Josh se involucraba en una relación a largo plazo. Estaba celosa, pero no en sentido romántico o sexual; sencillamente, no quería perder a su mejor amigo. Lo gracioso del caso era que nunca había temido algo semejante con Charlie.

Entre ellos había existido la emoción de enamorarse y compartir la primer experiencia sexual, pero nunca una amistad tan profunda.

Trataba de convencerse de que Josh solo era un amigo, pero nunca había deseado a nadie como lo deseaba a él.

Recordó lo que le había dicho Gina al principio de la semana. Al parecer, su amiga creía que el único problema de Josh era que no había hallado a la mujer correcta, y Piper se preguntaba si quería ser esa mujer.

Feliz de que la oscuridad de la noche ocultara su gesto pensativo, dijo:

—Ya que estamos solos, quería volver a darte las gracias por venir conmigo este fin de semana. Espero que no sea un problema.

–Desde luego que no –afirmó Josh, con una amplia sonrisa–. Y deja de darme las gracias, que no ha sido nada.

–No puedo creer que, entre tus proyectos y tus mujeres, aún tengas libertad de acción.

El no dijo nada y Piper quiso que se la tragara la tierra. No entendía qué estaba haciendo; había sido un coqueteo descarado.

Sabía que había docenas de mujeres en la vida de Josh, pero no sabía qué tipo de relación mantenía con ellas; se preguntaba si se acostaba con todas o si con algunas mantenía un romance platónico, aunque le costaba creerlo, porque aquel hombre era una clara promesa de satisfacción sexual. Con todo, le quería saber si había amado a alguna y si alguna mujer le había roto el corazón

De repente, necesitaba más información.

–Solo estaba preguntando si sales con mucha gente.

–Eso no es lo que has dicho.

Como no parecía enfadado con el comentario, Piper se sintió envalentonada y siguió con su juego.

–Es verdad. De todas formas, sales con mucha gente, ¿no es así?

Josh volvió a sonreír, aunque algo menos que antes.

–Sé que dirás que no es asunto mío, pero me preocupo por ti porque soy tu amiga. Si quieres estar solo, ¿por qué sales con mujeres todo el tiempo? Y si quieres estar con alguien, entonces...

–Entonces, ¿qué? –la interrumpió, a la defensiva.

–Entonces tendrás que cambiar.

Josh volvió la cabeza para mirarla. Sus ojos no reflejaban la irritación que había en su voz.

—Es gracioso, Piper. A la mayoría de las mujeres les gusto como soy.

—Me sorprende que puedas saber lo que sienten por ti, si siempre te marchas antes de que puedan decir nada.

—¿De dónde has sacado que nadie puede contar conmigo? Estoy aquí, ¿no es cierto? Y creo que ya he mencionado lo irónico de que pretendas darme consejos sobre cómo y con quién debo o no debo salir. Al menos yo no me refugio en el trabajo para ocultar mi soledad.

De toda la gente de su vida, Piper pensaba que Josh era el único que comprendía lo importante que era el trabajo para ella.

—¡No estoy ocultando nada! Tú sí. Tratas de dar la impresión de que pasas de una relación a otra porque te gusta, pero es porque no permites que la gente se te acerque. De hecho, estás más solo que yo.

Josh no pudo evitar estremecerse. Por suerte, Piper parecía no haberlo notado, porque estaba demasiado concentrada en su discurso. Él no sabía qué pretendía con aquellos planteamientos, pero quería que se detuviera de inmediato.

—¿Has terminado o tengo que recordarte aquello de «haz lo que yo digo pero no lo que yo hago»?

—Eso no es justo.

—Tampoco es justo que le tiendas una emboscada a alguien a quien llamas amigo. ¿Qué sabes tú de la soledad, Piper?

Ella tenía amigos en Houston con los que podía contar para todo, desde acompañarla a hacer gimnasia hasta ayudarla a engañar a su familia durante un fin de semana. Y, además, tenía a su familia. Sus parientes podían ser un tanto rígidos, pero la adoraban. Todos parecían tan felices de que finalmente estuviera en casa que a Josh no le habría sorprendido que organizaran un desfile en su honor. Dana, la primera persona con la que él había considerado la posibilidad de compartir su vida, apenas era un recuerdo agridulce; la primera persona con la que Piper había considerado compartir su vida seguía pendiente de ella, esperando que cambiara de opinión.

–Yo... –balbució ella.

–Era una pregunta retórica –puntualizó.

Acto seguido, y para dejar clara su irritación, Josh encendió la radio, dejando que el furioso ritmo de la música avivara su indignación.

Como era de esperar, Piper no hizo caso a la petición de tregua y apagó la radio. Él la miró de reojo y vio que estaba de brazos cruzados y frunciendo el ceño. A pesar del enfado, sonrió ante la actitud empecinada de su amiga. Aunque podía resultar muy irritante, Josh adoraba la testarudez de Piper.

–Es evidente que tienes algo que agregar –dijo al fin.

–Sí, una disculpa. Siempre le he pedido a mi madre que no se metiera en mi vida amorosa, y...

–Tú no tienes vida amorosa –interrumpió él, sarcástico.

–Como sea, no me gusta ser hipócrita, y si yo me considero una soltera feliz, ¿por qué tú no podrías serlo?

Josh se preguntaba si ella era consciente de lo nostálgica que había estado durante la despedida de soltero. De hecho, su gesto parecía indicar que fantaseaba con su propia boda o que soñaba con unas bien merecidas vacaciones en las cálidas playas de Cancún a las que los novios se irían a pasar la luna de miel. Le resultaba difícil creer que Piper anhelara casarse, pero tampoco le habría creído capaz de entrometerse en su vida privada, y lo estaba haciendo.

—¿Eres una soltera feliz?

Ella le estudió el rostro en la oscuridad.

—¿Tú no? —replicó.

—Absolutamente.

—Yo también.

El bar estaba repleto de gente. Había una fila de clientes que esperaba entrar, entre risas, charlas y algún que otro zapateo al compás de la canción que estaba sonando. Sin embargo, Josh sonreía sin convicción.

Lo había herido. Incluso en la oscuridad, Piper había alcanzado a ver la pena que había en sus ojos. No debería haberle dicho que estaba solo. Aunque Josh no era rencoroso, las cosas no habían sido iguales entre ellos desde la conversación que habían mantenido un rato antes. Todos los intentos de Piper por volver a la normalidad habían sido un rotundo fracaso.

Cuando les llegó el turno de pagar la entrada, ella se negó a aceptar que Josh pagase su parte.

—Es lo menos que puedo hacer —afirmó.

En realidad, Piper no sabía muy bien si se refería a que se lo debía por el fin de semana o por el arrebato anterior.

Él aceptó la invitación y entraron en el local. Había una barra rectangular en el centro, y decenas de clientes dispersos por el lugar, jugando al billar o a los dardos. En la parte trasera había una puerta que conducía a una enorme terraza con una pista de baile cubierta. La orquesta estaba tocando en un escenario, y las mesas estaban junto al enrejado de los lados. Piper abrió la puerta, miró entre la multitud y, finalmente, vio a Mandy, sentada en el regazo de su novio.

–Por aquí –le dijo a Josh, indicándole un atajo entre la gente.

Mandy sonrió al verlos llegar.

–Qué contenta estoy de tenerte aquí este fin de semana, Piper. El resto de mi familia me está volviendo loca.

–Conozco la sensación –dijo ella.

–Stella me ha pedido que un hombre al que apenas conocemos sea el padrino, solo para tener una excusa para estar cerca de él; y mi madre está haciendo conjeturas sobre todo lo que podría salir mal en la boda. A veces pienso que deberíamos fugarnos.

Donald le dio una palmadita en la mano.

–Todo va a salir bien, mi vida. En un par de meses, la boda será un recuerdo y estaremos solos en Cancún.

Piper asintió.

–Sabias palabras, Don.

–¡Piper! –gritó Daphne.

La joven se acercaba corriendo entre la gente, con expresión seria. Cuando Blaine la alcanzó, explicó agitada:

–Estaba tratando de llegar lo antes posible para advertirte de que...

–Hola –la interrumpió Charlie Conway.

El tono acaramelado de su voz comenzaba a ser una tortura para los oídos de Piper.

–Demasiado tarde –murmuró Daphne.

Piper suspiró.

–Hola, Charlie.

Él pasó por delante de Daphne y Blaine, saludó a Josh con un ligero movimiento de cabeza y extendió una mano abierta hacia Piper.

–Esperaba que me concedieras un baile.

Piper no entendía por qué se negaba a aceptar que entre ellos ya no había ni habría nada más, y temía que solo se debiera a que el hijo predilecto de Rebecca no estaba acostumbrado a los rechazos.

–Sabes que he venido con Josh –contestó ella.

Charlie simuló una mueca de tristeza.

–¿Y él no te va a dejar bailar conmigo para rememorar los viejos tiempos?

Piper no podía negar que Charlie tenía talento, al menos para provocarla. Sabía que ella jamás admitiría que un hombre le dijera lo que podía o no podía hacer, y por eso había metido a Josh en medio. Pero a pesar de su inteligencia, hacia el final de su infortunada relación se había empecinado en mostrar sus peores defectos.

Sin embargo, durante los años que habían pasado juntos habían compartido algunos buenos momentos. Entre aquellos recuerdos y la nostalgia que estaba sintiendo, a Piper le parecía de mal gusto negarse a bailar. Miró a Josh, pero él le esquivó la mirada. Un poco de distancia les iría bien a los dos.

–Solo un baile –accedió, finalmente.

Charlie sonrió de oreja a oreja y, durante un segundo, los ojos le brillaron como cuando tenía diecinueve años. Acto seguido, tomó a Piper de la mano y la llevó a la pista de baile. Ella se sorprendió pensando que, alguna vez, aquel hombre había hecho que se le acelerara el corazón. No obstante, no recordaba haber sentido jamás la euforia, la frustración y el deseo desesperado que podía provocarle Josh con una simple mirada. Se preguntaba si realmente había amado al hombre con el que una vez había planeado casarse.

Comenzó a bailar con Charlie, siguiendo sus movimientos casi de manera automática. No necesitaba concentrarse para hacerlo; habían compartido demasiados bailes y sabía cuándo haría un giro y qué pasos daría.

—Seguimos moviéndonos como si fuéramos una sola persona —murmuró él, con tono seductor.

Charlie se estaba esforzando por resultar atractivo, pero Piper no tenía ojos para él. La verdadera seducción era algo inexorable, una sensación poderosa derivada del sentido de lo inevitable y no del esfuerzo.

—No es muy difícil adivinar lo que vas a hacer, Charlie —dijo ella, poniendo distancia entre los dos–. No has cambiado los movimientos desde que eras un adolescente.

—No estés tan segura —dijo él, haciéndola girar–. Ahora tengo algunos más adultos.

Piper tuvo que contener la risa. En comparación con los de Josh, los coqueteos de Charlie bordeaban el ridículo. Miró a Josh con gesto suplicante. Creía que iba a poder soportar un baile rápido, pero después de unos segundos estaba desesperada por escapar de allí. Como Josh siempre parecía leerle el pensamiento, tal vez podía ayudarla a librarse de Charlie.

O no.

Rosalyn Granger, una hermosa rubia que había ido al colegio con Piper, se había acercado a la mesa de Mandy para que le presentaran a Josh. A pesar de la distancia, Piper pudo ver el interés en los ojos de la mujer. Josh sonrió e hizo alguno de sus típicos comentarios encantadores, y Rosalyn se rio a carcajadas y le acarició un brazo, en un gesto de coqueteo descarado.

Piper se preguntó si saldrían a bailar. Aunque Josh ni siquiera se había movido, Piper no podía dejar de torturarse con la imagen de su amigo en brazos de otra mujer.

Rosalyn terminó de hablar y volvió a rozarle el brazo. Piper estaba sorprendida por el atrevimiento de su antigua compañera de estudios.

–¿Me disculpas, Charlie? –dijo.

Acto seguido, y sin atender a los buenos modales, Piper abandonó a su pareja en medio de la canción. Cruzó el salón a toda prisa, se detuvo entre Josh y Rosalyn y, con una enorme sonrisa, exclamó:

–¡Roz! ¡Qué agradable sorpresa verte aquí! Estás muy guapa.

La mujer respondió con una sonrisa carente de entusiasmo.

–Te he visto en la pista con Charlie. Seguís haciendo una pareja encantadora. Todos nos preguntábamos cuándo volveríais a estar juntos.

Piper tuvo que hacer un esfuerzo para no contestarle con un sarcasmo brutal.

–Charlie y yo solo somos viejos amigos. Mi corazón pertenece a Josh –afirmó, tomándolo de la mano con fuerza.

La mujer se despidió de Josh con una última sonrisa sensual y se alejó sin decir nada más.

–Piper –dijo Josh entre dientes–, me estás cortando la circulación de la mano.

Ella lo soltó de inmediato. Estaba enfadada

consigo misma. Josh no era su novio y no tenía motivos para actuar como una amante posesiva.

—Lo siento —murmuró.

En aquel momento, Piper descubrió que su hermana los estaba mirando y que sonreía con picardía. Trató de enviarle un mensaje telepático, insistiendo en que no estaba enamorada de él. A Daphne le brillaron los ojos. Había entendido el mensaje pero, lejos de cambiar de idea, cada vez estaba más convencida de que su hermana estaba loca de amor por Josh.

Piper volvió la vista a su amigo y se preguntó qué lo hacía fruncir el ceño de aquella manera.

—¿Qué pasa? —preguntó.

—Tú sabrás —contestó él, cruzándose de brazos—. No he sido yo el que ha montado una escena de celos incomprensible.

—¿Celos? Es obvio que no te llega bien el oxígeno al cerebro —replicó Piper, elevando la voz—. Si me he enfadado, es porque teníamos un trato. Puede que nuestra relación no sea real, pero te agradecería que no coquetearas con otras mujeres delante de mi familia.

—Rosalyn me estaba haciendo compañía mientras bailabas con tu exnovio.

Piper se sorprendió al oírlo hablar en un tono tan mordaz. Se preguntó si era posible que Josh estuviera celoso y, si era así, qué significaban aquellos celos. Prefirió no ahondar en la idea porque detestaba a las mujeres que se pasaban la vida analizando los sentimientos y las relaciones.

Necesitaba una distracción.

—Vamos a bailar —dijo.

—De acuerdo.

Capítulo Diez

A pesar de la gracia natural de Josh y de la vasta experiencia de Piper con el baile, no dejaban de pisarse todo el tiempo y de golpearse cada vez que giraban.

–Creía que sabías bailar –gruñó ella.

–Sé bailar –replicó Josh.

–¿Estás diciendo que yo no? Si me hubieras mirado mientras bailaba con Charlie, habrías visto que...

–Charlie te dejaba guiar. Puedes decir lo que quieras de mi necesidad de control, Piper, pero no soy el único.

–Yo...

Piper vaciló, porque sabía que tenía razón. No solo en cuanto al baile. Le gustaba tener control de su vida.

Respiró profundamente y se obligó a relajarse y seguirlo. Al ver lo fácil que era mover el cuerpo al ritmo de Josh, empezó a disfrutar del contacto físico, de la forma en que sus movimientos los acercaban y apartaban lo suficiente como para que deseara volver a apretarse contra él.

Cada vez más relajada, sonrió e incluso tarareó la música que estaba sonando. Josh le devolvió la sonrisa. Cuando terminó la canción, permanecieron de la mano durante unos segundos.

Ella echó la cabeza hacia atrás y declaró:

–Si quieres, podemos quedarnos otro rato. Me encanta bailar.

Aunque bailar no la ayudó a aliviar la frustración sexual. De hecho, se acrecentó cuando Josh la tomó por la cadera para guiarla en un giro. Cuando la orquesta comenzó a tocar una balada, a Piper se le aceleró el corazón. Entonces, Josh la atrajo hacia sí para que pudiera recostar la cabeza sobre su pecho, le tomó una mano y la llevó hacia su nuca y, por último, le rodeó la cintura con los brazos. Casi sin pensar, se fue acercando cada vez más, dejándose llevar por la música y por lo que le pedía la piel. Con cada roce de sus cuerpos se le calentaba la sangre. Presionó los senos suavemente contra el pecho de Josh, y el simple contacto le bastó para descontrolar sus sentidos y hacerle sentir una desesperada necesidad de apretar el pubis contra él.

Todo lo que tenía que hacer era levantar la vista y mirarlo a los ojos.

Sin embargo, Josh no le dio tiempo.

–Sé que querías bailar, pero esto está atestado de gente.

Piper aprovechó la excusa para escapar.

–Sí, todos han salido a aprovechar las baladas románticas.

–¿Qué te parece si nos tomamos un descanso? Podría ir a buscar un par de cervezas.

Ella asintió. Acto seguido, ansiosa por sentarse un rato, se reunió con Daphne en la mesa.

–Hola –dijo su hermana–. Justo estábamos decidiendo a qué hora nos íbamos. Estos días me han dejado agotada, y quiero conservar algo de energía para las compras de mañana.

Daphne preguntó:

–¿Dónde está Josh?

–Ha ido a buscar un par de cervezas.

Después, Piper echó un vistazo a su alrededor para comprobar que no estuviera cerca y pudiera oírlas.

–No sé qué hacer con él, Daph –añadió.

–Lánzate sobre él –sugirió su hermana.

Por la mañana, Piper habría contestado que aquella sugerencia era una locura. Sin embargo, aquella vez no se enfadó ante la propuesta de Daphne. Bien por el contrario, la idea cobró vida propia en su imaginación. Josh besaba con una dedicación que sugería que sabía cómo satisfacer a una mujer; era generoso, atento y desinhibido, una auténtica promesa de placer.

Josh llegó justo a tiempo para ver el rubor febril en las mejillas de su amiga, pero le dio la botella de cerveza sin decir nada. En el movimiento, le rozó los dedos, y Piper sintió que un calor le recorría todo el cuerpo.

Se apresuró a tomar un trago de cerveza para tranquilizarse, aunque no le sirvió de mucho. Estaba tan desesperada que siguió bebiendo hasta atragantarse.

Josh le alcanzó una servilleta.

–¿Estás bien? Estás...

Piper no esperó a oír el resto de la frase. Sabía que estaba actuando como una desquiciada.

–Estoy bien –afirmó.

Acto seguido, Piper bebió otro trago de cerveza. Sin duda, no estaba bien. Se sentía nerviosa cerca de la única persona con la que siempre había podido relajarse. Se preguntaba por qué no podían volver a la camaradería que compartían. Estaba desesperada por decir lo correcto para regresar a la comodidad de su amistad; se concentró para hacer un comentario ingenioso o decir una frase amigable; carraspeó y abrió la boca para hablar, pero no pudo articular palabra. No sabía qué hacer. Se volvió hacia él buscando inspiración y se estremeció al ver cómo la miraba con sus preciosos ojos verdes con vetas doradas.

Con la boca abierta y sin nada qué decir, Piper tragó saliva y carraspeó nerviosa.

–Suenas como si tuvieras dolor de garganta –comentó él, preocupado.

–No te preocupes; tengo una salud de hierro y soy fuerte como un caballo.

–¿Piper? –dijo Charlie, acercándose a la mesa.

Si bien era un pesado, su presencia sirvió para que, durante un rato, ella dejara de sentirse tonta.

–Ya que antes no hemos podido terminar de bailar nuestra canción, he pensado que tal vez ahora...

–Claro que sí, Charlie.

Piper estaba dispuesta a aceptar lo que fuera con tal de alejarse de la sensualidad de Josh. Pero aquella vez iba a aprovechar para aclarar las cosas con Charlie.

Charlie se humedeció los labios con nerviosismo.

–Piper, me he dado cuenta de que nada de lo que pueda decir te va a convencer para que volvamos a estar juntos. Así que no intentaré convencerte con palabras.

Acto seguido, su antiguo novio se inclinó hacia adelante. Horrorizada, Piper comprendió que se estaba acercando para besarla. En aquel momento pensó que Josh era el único hombre al que quería besar. Aunque Daphne había intentado prevenirla, el peso de la verdad la dejó paralizada. Estaba enamorada de Josh.

—¡Basta! —exclamó, empujando a Charlie—. Ya es suficiente. No he querido ser grosera porque éramos amigos, pero ni yo te quiero ni tú me quieres a mí. Solo quieres a la perfecta ama de casa de Rebecca para que te acompañe en tus campañas electorales. Ahora estoy con Josh.

Charlie la contempló un buen rato.

—¿Tanto te interesa ese tipo? —preguntó.

Piper ya no podía seguir negando cuánto le importaba Josh. Siempre había imaginado que el amor hacía que, de alguna manera, las mujeres se sintieran inferiores; sin embargo, al pensar en los momentos compartidos con él, se dio cuenta de que la hacía sentir mejor; más confiada cuando hablaban de trabajo, más atractiva cuando coqueteaba con ella y más poderosa cuando sentía que disfrutaba al besarla. Feliz, sensual y hasta caprichosa, pero nunca inferior.

—Olvídalo —dijo Charlie—. Puedo ver la respuesta en tu expresión. Solo me preocupa una cosa, Piper. ¿Estás segura de que permanecerá a tu lado? Tengo la impresión de que no es esa clase de hombre. ¿De verdad crees que puede darte lo que quieres?

No dijo nada, se dio media vuelta y regresó a la mesa con Daphne. Josh estaba hablando de fútbol con Blaine; Piper se sentó junto a su hermana y, casi en un susurro, confesó:

—Tenías razón, Daph. Estoy enamorada de él. ¿Crees que él se ha dado cuenta?

—No, los hombres son muy despistados —aseguró Daphne—. Cuando se trata de ellos, siempre son los últimos en enterarse. Deberías decírselo.

Piper desvió la vista hacia Josh. Al verlo se le aceleró el corazón, y se preguntó si alguna vez se cansaría de mirarlo.

–¿Decírselo? ¿Estás bromeando? ¿A la única persona que le tiene más fobia a las relaciones amorosas que yo?

–No creo que les tengas fobia a las relaciones, hermanita. Sencillamente, aún no has encontrado al tipo correcto.

Piper reconocía que, en los últimos días, su visión de las parejas y el amor había cambiado. Con todo, seguía sin sentirse cómoda con la idea de que un hombre volviera a tener tanto protagonismo en su vida.

–Daphne, prométeme que no te enfadarás si te digo una cosa. Has dicho que no querías terminar como mamá, y tenías razón –continuó Piper–. La respeto y reconozco que parece feliz, pero yo no podría ser feliz con su vida.

–¿Y quién te ha dicho que enamorarte te convertiría en alguien como mamá?

–Tú, porque el amor te ha cambiado...

–¿Qué?

–Cuando éramos adolescentes, todo parecía indicar que no querías ser un ama de casa de Rebecca. Hablabas de ser artista, de dedicarte a la política y de viajar por el mundo. Después, lo abandonaste todo por Blaine.

Lejos de sonar ofendida, Daphne soltó una carcajada.

–Piper, te marchaste a la universidad cuando tenías diecisiete años, y soy casi cuatro años menor que tú. Sí, alguna vez quise ser artista –reconoció–. Y por si no lo recuerdas, también mencioné la posibilidad de ser astronauta. Es más, creo que te perdiste el año en que tuve un grupo musical con cuatro amigas. Blaine no me cambió. Crecí y descubrí qué era lo que quería.

Piper miró a su hermana con detenimiento.

—¿No eres infeliz?

—¿Te parezco infeliz, boba? —replicó Daph, entre risas—. En cuanto comencé a dar clases, comprendí que me encantaba la docencia. Me gusta sentir que puedo darles herramientas a esos chicos. Además, tengo vacaciones durante todo el verano.

Piper se sentía confundida.

—Entonces, ¿por qué estás hablando de renunciar a la enseñanza?

—No lo estoy planteando como algo definitivo. Solo me gustaría tener tiempo para dedicarme a los niños mientras sean pequeños. Pero aunque deje las clases durante uno o dos años, seguiré trabajando ocasionalmente como suplente o como profesora particular.

—¿De modo que Blaine no está tratando de convertirte en una esposa abnegada?

—¿Estás loca? —exclamó Daphne, sorprendida—. A Blaine le encanta que compartamos los gastos y que yo me dedique a lo que me gusta, créeme. Piper, no sé cómo ves mi matrimonio, pero si aún quisiera dedicarme a la política, mi marido se ocuparía personalmente de organizar mi campaña contra Charlie. En cuanto a los viajes, tenemos planeado hacerlos cuando los niños sean más grandes. Lejos de reprimirme, Blaine es un estímulo permanente para mí.

Piper se mordió el labio; no quería abrir la boca, porque tenía miedo de volver a meter la pata.

Daphne comprendió lo que le pasaba.

–Mamá hace mucho por papá, y tú siempre has pensado que era porque era un machista perdido –reflexionó–. Reconozco que en este pueblo hay gente un poco anticuada, pero creo que tienes una visión distorsionada de nuestros padres. A mamá le encanta cocinar y hacer cosas en la casa. Es su espacio, e insiste en controlar todo lo que sucede entre esas paredes. Es como tú: le gusta hacer las cosas a su manera.

Piper se estremeció al pensar que se parecía a su madre. Daphne se dio cuenta de que tenía a su hermana contra las cuerdas y decidió propinarle el golpe de gracia.

–Mamá es prepotente y testaruda –continuó–, pero papá está loco por ella. La mitad de las veces que acepta lo que él dice, es porque ella lo había pensado primero. ¿Crees que a papá se le ocurriría organizar una fiesta como la de ayer? –dijo, con una sonrisa socarrona–. ¿O que Blaine pensó en lo bueno que sería ir de compras mañana? Has tenido una mala experiencia con Charlie, pero ni nuestro padre ni mi marido tienen la culpa. Y Josh tampoco, así que dile de una vez lo que sientes.

Josh estaba tumbado de costado, mirando el reflejo de las luces de la calle. Podría haber cerrado las cortinas, pero no estaba despierto porque entrara luz, sino porque el pensar tanto en Piper lo estaba torturando.

No entendía qué estaba pasando. En el viaje de ida al bar se habían agredido mutuamente y, de vuelta al hotel, Piper había estado muy callada. De hecho, se había comportado de una manera extraña desde que había salido a bailar por segunda vez con Charlie, y aquello lo inquietaba. Si no había preguntado qué tenía en mente durante el viaje de regreso, era porque temía que estuviera pensando en Charlie. Josh había notado cuánto había cambiado Piper el fin de semana y, a pesar de que había comentado que quería permanecer soltera, le preocupaba que estuviera reconsiderando la propuesta de Charlie. El alcalde era insoportable, pero parecía muy leal; era adinerado y atractivo, y tenía una larga tradición familiar en el pueblo.

Aunque Josh pensaba que Piper no sería feliz en aquel lugar, sentía que no tenían la misma conexión de antes y que ya no le resultaba tan fácil adivinar lo que iba a hacer.

Se obligó a dejar de pensar en que ella pudiese volver con Charlie y se concentró en el papel pintado de la pared. Seguía habiendo ciento dieciocho rombos de colores, igual que las cuatro veces que los había contado.

Charlie no le convenía. Pero él tampoco. Por su trabajo y por su estilo de vida, se había acostumbrado a estar solo, a mantener un contacto superficial con los demás y a disfrutar de las relaciones un tiempo limitado. Le gustaba su vida, y no veía qué sentido tenía echarlo todo por la borda. A la vez, se preguntaba por qué no podía dejarse llevar y aprovechar la inusitada oportunidad que se le había presentado aquel fin de semana.

Aquellos días había tenido libertad para hacer todo lo que le estaba vetado normalmente. Había besado a Piper y se habían tomado de la mano. Si bien lo que estaban haciendo era fingir para complacer a los demás, Josh podía aprovechar para satisfacer sus propias necesidades. Podía bailar con ella, besarla, seducirla e incluso compartir a su familia. Pero si la ficción se convertía en realidad después de aquel fin de semana, la perdería cuando rompieran.

Las pocas mujeres a las que no había abandonado él lo habían dejado porque era demasiado inaccesible emocionalmente. Tenían razón, y había sido capaz de reconocerlo aunque en realidad no lamentara perderlas. En cambio, con Dana se había esforzado por cambiar; quería darle lo que necesitaba, quería mostrarle todo lo que sentía por ella. Pero desde pequeño había aprendido a no mostrarse vulnerable ante los demás, y ya era muy tarde para cambiar. Piper se merecía un hombre que pudiera amarla sin reservas.

Estaba tan inquieto que decidió levantarse de la cama. Caminó por la habitación y siguió cavilando sobre su vida. Si su renuencia al compromiso era lo único que los alejaba de una oportunidad real de ser felices, tenía un grave problema.

Piper estaba en su corazón. Era una estupidez seguir negando que la quería, pero dejarse llevar por sus sentimientos solo podía suponerle más dolor porque, más tarde o más temprano, el idilio acabaría. Angustiado, Josh se preguntó qué sentido tenía dejar entrar a alguien en su vida si al final volvería a estar solo.

En aquel momento, las palabras de Piper resonaron en su mente con la fuerza de un viento huracanado.

–Tratas de dar la impresión de que pasas de una relación a otra porque te gusta, pero es porque no permites que la gente se te acerque. De hecho, estás más solo que yo –le había dicho en el coche.

Resultaba irónico que le preocupara estar solo en el futuro, porque ya estaba solo. La verdad le cayó como un cubo de agua fría, arrojando luz en rincones de su vida que prefería no examinar. Se dijo que, aunque era cierto que le gustaba su vida, también debía reconocer que estaba vacía.

Piper podía llenar aquel vacío. Estaba aterrorizado y pensó que era mejor tener que convivir con la sensación de vacío que poner en riesgo su amistad. No obstante, la soledad se estaba volviendo insoportable.

Tenía que reconocer que la mayoría de sus relaciones pasadas no habían significado nada para él. Había preferido tener aventuras pasajeras, para que nadie pudiera lastimarlo cuando se marchara. Pero aquella vez era Piper quien ocupaba sus pensamientos, y lo que sentía por ella no era insignificante ni sencillo. Por primera vez en su vida, no podía darse media vuelta y marcharse sin más.

La situación era tan nueva que no sabía qué hacer. Se preguntaba si tenía sentido perseguir a una mujer que despreciaba los compromisos románticos cuando él mismo le tenía pánico a aquel tipo de relaciones. Aunque no estaba seguro, no veía otras posibilidades en el horizonte. Al menos, de aquella forma podía seguir intercambiando besos con ella y aliviar la tensión sexual que lo dominaba.

–¡Guau! –exclamó Josh.

Estaba de pie en la puerta de la habitación de Piper, con los ojos desorbitados y la boca abierta, lo cual demostraba claramente que no se trataba de un piropo cortés. Parecía desconcertado.

A pesar del gesto adusto y de la noche de insomnio que había tenido que soportar, Piper se

sentía feliz de ser responsable de aquel desconcierto. Cuando al fin había perdido las esperanzas
de dormir y se había levantado había decidido que
aquel día necesitaba estar fantástica, y lo mejor
que pudo hacer fue arreglarse el cabello.

Llevaba puestos unos viejos vaqueros ajustados,
que había metido en el equipaje por simple nostalgia, y una camiseta escotada que la hacía sentirse atrevida y sensual. Y como se había levantado
temprano, se había rizado el pelo y hasta se había
maquillado un poco. Todo un cambio en relación
a la Piper de moño y traje de ejecutiva.

—La gente del trabajo se sorprendería si me
viera, ¿no te parece?

A pesar del comentario, la única opinión que le
importaba era la de Josh. Él sonrió divertido.

—Si fueras a la oficina con este aspecto, querida,
tendrías que hacer algo para librarte de los hombres que treparían a tu escritorio, babeando sobre
tus lapiceros.

El cumplido exagerado la entristeció, porque
era uno de los típicos comentarios de Josh, nada
especial. Aun así, cuando entró a buscar su bolso
decidió que replicaría a todas las burlas de su
amigo. No iba a permitir que supiera que le estaba
destrozando el corazón.

—Quizás he estado demasiado concentrada en
el trabajo —dijo mientras caminaba hacia él.

Acto seguido, Piper salió de la habitación y cerró la puerta antes de que Josh tuviera tiempo de
retroceder, de modo que sus cuerpos se rozaron
un par de segundos.

—Algo hay que hacer para divertirse, ¿no te parece? —añadió ella.

El único problema era que el hombre con el

que quería disfrutar de sus días estaba fuera de su alcance.

Josh resopló.

–Definitivamente, estoy a favor de la diversión.

Ella se temía que aquello era todo lo que buscaba su amigo. Josh se merecía mucho más que las aventuras pasajeras que se permitía, pero Piper no podía obligarlo a aceptar amor si él no quería.

Sin decir una palabra, lo siguió por el pasillo. El plan consistía en tomar el desayuno en el hotel, luego reunirse con Blaine y Daphne para ir de compras, y regresar al parque para comer con la familia. Por un lado, Piper se alegraba de que fueran a salir con la otra pareja, porque podría ayudarla a aliviar la tensión que sentía cuando estaba con Josh. Pero, por otra parte, su hermana y su cuñado estaban tan felizmente casados que estar con ellos era como meter un dedo en la llaga. Siempre había sentido lástima por su hermana porque no se había escapado de Rebecca, pero aquel día la envidiaba por el amor que compartía con Blaine.

Aquel día, lo único que apenaba a Piper era lo que Josh y ella podrían haber compartido si las circunstancias fueran diferentes.

Piper contempló la zona del parque en la que se habían reunido varias generaciones de Jamieson con sus respectivas familias. Había un grupo de hombres alrededor de la nevera, con bebidas, y varios jóvenes jugando a la pelota. Otros estaban sentados en las mesas, mirando álbumes de fotos e intercambiando novedades. Estaba segura de que su nombre era uno de los más mencionados en el cotilleo familiar. Probablemente, seguían sorprendidos de que hubiera asistido y, más, de que hubiera llevado a un hombre.

Si lo pensaba un poco, la mentira se había vuelto contra ella. Decirle a su madre que no le interesaba tener una relación estable habría sido más fácil que tener que lidiar con la confusión que sentía en aquel momento. Josh se había mostrado muy afectuoso todo el día, y no había rastros de su aversión previa al contacto físico, hasta el punto de que la había abrazado mientras viajaban en el asiento trasero del coche de Blaine. Al llegar a la tienda de rebajas, Josh había tardado un poco en bajar, y Piper había tenido la impresión de que quería estar a solas con ella para hablar de algo. Sin embargo, haciendo gala de una cobardía inusual, ella había fingido no darse cuenta y había utilizado a Daphne y a Blaine como escudo. Estaba convencida de que, si hacía caso al consejo de su hermana y le decía a Josh lo que sentía, perdería su amistad para siempre. Desafortunadamente, no estaba segura de cuánto podría disimular sus sentimientos si se quedaba a solas con él.

Josh estaba caminando a su lado y comentó:

—Tienes una familia muy grande.

—Sí, mi padre es el menor de cinco hermanos.

Piper levantó la vista a tiempo para ver el anhelo en los ojos de Josh y se sintió avergonzada por todas las veces en las que se había quejado de sus parientes.

—Ven —dijo ella, con dulzura—, te los presentaré a todos.

Acto seguido, se dirigieron hacia el grupo de primos y conversaron con ellos. Cuando Piper se disponía a seguir con las presentaciones, su tía abuela Millie se acercó a ellos.

–¡Piper! –gritó la mujer, roja de emoción.

Millie no solo actuaba como si nada importara sino que, además, estaba casi sorda y solía hablar como si se estuviese dirigiendo a una multitud de feligreses enardecidos. La anciana y delgada mujer se detuvo frente a Josh.

–Este debe de ser tu semental.

Piper trató de no hacer caso a las numerosas cabezas que se volvían hacia ellos y se obligó a actuar con naturalidad, pese a la vergüenza que le había provocado el comentario de su tía.

–Josh, te presento a mi tía abuela Millie. Millie, te presento a Josh Weber.

Josh la saludó con un beso en la mano, y Millie se sonrojó como una adolescente.

–¿Ya habéis fijado fecha para la boda? –preguntó.

–Todavía no –dijo Piper.

–No sé qué estáis esperando –la regañó Millie–. Una mujer de tu edad no puede permitirse el lujo de dejar pasar el tiempo, cariño. No eres una niña, y no te quedan muchos años para criar.

Millie se había pasado la vida en un rancho de Texas y solía hablar de la gente como si se estuviera refiriendo a su ganado.

Entonces, la anciana miró a Josh y exclamó:

–Apuesto a que podrías darle muchos hijos. Un joven tan robusto como tú debe de tener talento para dar en el blanco.

Piper se atragantó con la limonada. Cuando Millie se marchó a aterrorizar a otros miembros del clan Jamieson, ella aprovechó para pedirle disculpas a Josh.

–Te prometo que después de este fin de semana no tendrás que volver a ver a esta gente.

–Te tomo la palabra.

–Lo digo en serio. Créeme.

Josh siguió los pasos de Millie con la mirada durante un momento, y después volvió la atención a Piper.

–Las mujeres de tu familia parecen volverse más francas con los años –declaró, con una sonrisa cómplice–. Prefiero no imaginar cómo serás dentro de cuarenta o cincuenta años.

–¿Estás diciendo que soy demasiado directa?

–No, eres dócil y callada. Y lo bastante alta como para ser una supermodelo –afirmó, divertido–. Tu negativa a convertirte en modelo es una pérdida terrible para los hombres del mundo. No conozco a una mujer más sensual que tú.

Piper quería que dejase de decir aquellas cosas y rogaba para que su imprudente corazón no cediese a la tentación de acelerarse ante los cumplidos.

–Josh, lo estás haciendo de nuevo.

–¿A qué te refieres?

–Cuando estamos solos, no es necesario que coquetees conmigo.

–Siempre he coqueteado contigo –puntualizó él–. Incluso mucho antes de este fin de semana. ¿Qué ha cambiado ahora?

En aquel momento, Josh pensó que lo que había cambiado era que estaba enamorado de ella, y que cada gesto y cada coqueteo dolían como nunca. Con todo, siguió presionándola, aunque con una expresión mucho más seria.

–Además –añadió–, ¿cómo sabes que no te encuentro sumamente sensual?

–Porque somos amigos.

Piper no entendía qué era lo que Josh estaba

tratando de decirle. Por los besos que se habían dado, sabía que no era indiferente para él, pero no estaba segura de que aquello significase que quería que tuvieran una relación más íntima.

–¿Crees que porque soy tu amigo no me doy cuenta de lo divertida, atractiva e inteligente que eres? –preguntó él, con tono desafiante.

–Bueno...

Lo cierto era que su amistad no había impedido que ella notara las mismas cualidades en él. Piper estaba demasiado confundida como para contestarle, de modo que desvió la mirada y se concentró en el partido de fútbol que estaban jugando algunos de sus familiares. Entre el grupo sobresalía la inconfundible silueta de su abuela. Aquella mujer era la salud personificada. De hecho, parecía estar en mejor estado que muchos de los adolescentes que la perseguían para quitarle el balón.

–No me lo puedo creer –dijo, casi gruñendo.

Piper había imaginado que su madre exageraba cuando se refería a la salud de la abuela, pero jamás habría pensado que podía mentir hasta tal punto. Acto seguido, salió como una tromba hacia donde estaban Daphne y Blaine. Desconcertado por la reacción, Josh corrió detrás de ella.

–Quiero una respuesta. ¿Estáis tan desesperados por que me case como para hacerme creer que alguien a quien quiero está gravemente enfermo?

Blaine dirigió una mirada culpable al campo, justo cuando la abuela estaba arrebatándole la pelota a alguien a quien doblaba en edad.

–No te enfades con Daph. Nana estaba enferma. Comenzó como un catarro, pero después se complicó y hubo que internarla en el hospital. Así que cuando tu madre te dijo que estaba enferma, no te mentía. Puede que haya exagerado un poco, porque sabía que de lo contrario no vendrías ni traerías a Josh para que lo conociéramos.

–No sabía que mamá había hecho que la situación sonara tan terrible hasta que llegaste –se apresuró a agregar Daphne–. Y, desde luego, la abuela no tuvo nada que ver; ni siquiera sabe que ella fue el verdadero motivo de tu visita.

–¿Pero no era que no podía venir a verme porque estaba enferma?

Aunque la aliviaba saber que su abuela no estaba al borde de la muerte, Piper estaba muy irritada con la situación.

–Se supone que tiene que evitar el frío mientras termina de recuperarse de la neumonía –explicó su hermana–. Papá la llevará a su casa temprano, para que no se resfríe. Piper, tienes derecho a estar molesta con mamá, pero recuerda que a veces mentimos a la gente que queremos porque creemos que es lo mejor.

Piper se sonrojó ante el comentario de su hermana. No podía enfadarse con su madre cuando ella misma estaba recurriendo a estratagemas semejantes. Tal vez Daphne tenía razón al afirmar que se parecía a su madre. Además, no tenía sentido que siguiera molesta con ella, porque, más temprano que tarde, la verdad saldría a la luz y Astrid sufriría una terrible decepción.

Si algo había aprendido Piper durante aquel fin de semana de farsa con Josh era que hasta la mentira más piadosa podía convertirse en un auténtico suplicio.

Capítulo Once

Josh podía afirmar que jamás había comido tanto y tan bien como aquel fin de semana. Estaba sentado a la mesa y acababa de disfrutar de un auténtico banquete de manjares caseros.

Era difícil relajarse con Piper tan cerca de él. Aunque había intentado pasar algún rato a solas con ella, la presencia de su familia tenía una ventaja adicional. Como todos estaban apiñados en el banco, Piper no tenía más alternativa que apretarse contra él, desde el hombro hasta el muslo.

Cada vez que gesticulaba al hablar con su hermana, lo rozaba en el brazo, y Josh sentía que una corriente eléctrica le recorría todo el cuerpo. Sin embargo, aquello no era nada en comparación con el momento en el que, al alargar el brazo para tomar un trozo de tarta, le había rozado los senos sin querer. Los dos se habían quedado inmóviles, y ella había interrumpido la charla con Daphne para volverse y mirarlo a los ojos.

Regresaban a Houston al día siguiente y, si Josh no actuaba pronto, iba a perder su oportunidad de descubrir si podían ser más que amigos. En cuanto llegaran a la ciudad, era probable que se sintiera tentado de volver a la inofensiva rutina, haciendo caso omiso a la pasión que sabía que compartían.

–Piper –dijo, tocándole un hombro para llamar

su atención–. ¿Qué te parece si vamos a dar un paseo? Solos.

Josh hizo la aclaración porque estaba seguro de que ella intentaría sumar a alguien más a la caminata.

–He pensado que podríamos quemar algunas de las calorías que hemos estado ingiriendo durante el fin de semana –añadió.

–Bueno –accedió ella, encogiéndose de hombros–. Supongo que podríamos.

Se pusieron de pie y se despidieron de los familiares, diciendo que si no los veían más tarde irían a desayunar con ellos por la mañana. Acto seguido, se dirigieron a uno de los senderos para excursionistas.

–Tenías razón –dijo ella, apretando el paso–. Necesito quemar calorías.

–No, ha sido una artimaña para poder estar a solas contigo. Tu cuerpo está perfecto tal como está.

Piper soltó una carcajada.

–Dices eso porque no me has mirado bien.

–¿Sabes qué? Como favor personal, estoy dispuesto a hacer una evaluación más exhaustiva de tu cuerpo. La ropa es opcional.

Después de un momento de tensión, Piper sonrió y movió la cabeza de lado a lado.

–Qué guapo eres…

–Esperaba que dijeras que soy irresistible, pero lo de guapo es un buen comienzo.

–Sabes que eres irresistible –murmuró ella.

Para Josh, el cumplido encendía una luz de esperanza. El hecho de que Piper sonara inquieta le hacía pensar que sus palabras no eran un comentario a la ligera.

–No parece que eso te haga muy feliz.

–Bueno, yo... –balbució Piper–. Olvídalo, no importa.

–Piper, los últimos días han sido los mejores de mi vida.

Ella rio con nerviosismo.

–Seguro que sí. Con mi madre prácticamente tomándote las medidas para un esmoquin y conmigo actuando como una esquizofrénica...

Josh se detuvo y se volvió para mirarla de frente.

–Piper, los últimos días han sido los mejores de mi vida –repitió– porque los he pasado contigo. No me malinterpretes. En cierto sentido, este fin de semana también ha sido muy incómodo. Duchas frías, por ejemplo, nada de diversión... Además, ellos no estarán siempre presentes para solucionar las cosas.

–¿Solucionar qué?

–Que nos deseemos mutuamente y no hagamos nada por aplacar ese deseo que se ha convertido en un problema.

Aunque la respuesta no tenía la elocuencia que ella se merecía, Josh se alegró de no estar diciendo barbaridades, porque la cercanía con Piper lo estaba descontrolando. La manera en que lo miraba, sus labios entreabiertos, el reflejo de la luna en sus ojos verdes, le arrebataban el dominio de los sentidos.

Se dio cuenta de que no merecía la pena seguir pensando en qué decir cuando las palabras no bastaban para expresar lo que sentía. Sin apartar la mirada de ella, la tomó de los hombros y la atrajo hacia sí. Piper no opuso ninguna resistencia. Bien al contrario, se puso de puntillas para besarlo. Por primera vez no había testigos, ni excusas, ni farsas; solo la pura necesidad del uno por el otro.

Josh la besó con adoración, devorándole los labios, prometiéndole una noche que nunca olvidaría. Después, le deslizó las manos por la espalda, la tomo del trasero y la apretó contra sí, gruñendo ante la fricción de su pubis contra su erección.

Ya no había vuelta atrás; habían cruzado definitivamente el umbral del amor platónico y jamás volverían a ser los de antes.

—Piper, si no lo deseas, si crees que deberíamos detenernos...

—¡No! No quiero parar —exclamó ella, echándose hacia atrás—. Pero, ¿no crees que sería mejor que fuéramos al hotel?

A Josh se le iluminaron los ojos. No podía creer que, por fin, fuera a hacer el amor con Piper. Su inmediata aceptación lo dejó sin palabras. Se sentía el hombre más afortunado del mundo. Solo lo apenaba que el hotel estuviera tan lejos.

La tomó de la mano, entrelazaron los dedos y avanzaron hacia el aparcamiento. Josh estaba tan ansioso que tenía que esforzarse para no arrastrarla por el camino. Cuando llegaron al coche, antes de cerrar la puerta, se inclinó sobre ella para buscar su boca una vez más.

A Piper se le escapó un sonido entrecortado, una mezcla de suspiro con gemido.

—Las llaves...

Josh sacó el manojo de llaves del bolsillo y se las dio.

—Conduce tú. Cuanto más deprisa, mejor.

—Ten paciencia —dijo.

—¿Paciencia? He estado esperando este momento desde el día que te conocí –declaró él–. Lo que pasa es que he tardado en darme cuenta.

Ella lo miró con tanta adoración que Josh no pudo contener la necesidad de besarla de nuevo. Acto seguido, la conductora pisó el acelerador a fondo.

En cuanto aparcó el coche, Josh corrió a abrirle la puerta. Después, subieron las escaleras como dos recién casados impacientes, y al llegar a la puerta de la habitación, él la alzó en brazos y la llevó dentro.

Josh la dejó junto a la cama y, antes de que los pies de Piper tocaran el suelo, sus bocas estaban unidas otra vez. La habilidad con que la besaba, como si conociera todos sus secretos, la envolvía en un deseo arrebatador. Mientras él la tomaba por la cintura y la presionaba contra él, Piper maldecía mentalmente las capas de ropa que los separaban. Sonrió para sus adentros, porque por fin podía desabotonarle la camisa para desnudarlo.

Tras quitarle la prenda, le apoyó una mano en el pecho desnudo y le recorrió la piel con la yema de los dedos, descubriendo las formas con las que tanto había soñado.

–Había imaginado esto, ¿sabías?

–¿De verdad?

Josh parecía complacido con la idea de que Piper soñara con él, pero aun así no pudo contener la risa.

–Por favor –añadió, con gesto desesperado–, dime que tu fantasía no se detiene aquí.

En lugar de contestar, Piper lo beso. Le exploró la boca y después fue bajando lentamente para besarle la barbilla y lamerle el cuello. Entre tanto, bajó las manos hasta el cinturón del pantalón vaquero, pero él la sujetó por las muñecas y la detuvo.

–Espera. Quiero verte –murmuró.

Acto seguido, Josh la miró a los ojos con una expresión hipnótica y sensual, y le desabrochó la camisa con mucha más destreza de la que ella había exhibido.

–No eres la única que había pensado en esto –añadió.

Piper se estremeció al sentir el aire frío sobre su piel desnuda. Sin embargo, los ojos ardientes de su amante la mantenían caliente. Josh le acarició la espalda y los costados, y siguió subiendo. Aunque respiraba con agitación, parecía no tener ninguna prisa. Cuando llegó a los senos, deslizó los dedos por encima del encaje hasta rozarle los pezones tensos de necesidad. Piper sintió un espasmo que le partía del centro y que se disparaba hacia todas sus terminaciones nerviosas.

Tomó a Josh de la mano y se sentó en la cama, porque le temblaban las piernas. Él la siguió y volvió a besarla con tanta pasión que Piper pensó que se iba a ahogar. La posibilidad de desmayarse de deseo era más excitante que aterradora. Se recostó sobre la manta y lo atrajo consigo, ansiosa por sentirlo sobre su cuerpo.

Josh interrumpió los besos para quitarle el sujetador, y ella protestó con un gemido que rápidamente se transformó en un sonido de aprobación cuando él inclinó la cabeza y se llevó un pezón a la boca. Después derivó la atención al otro seno, y Piper lo aferró por la cadera y arqueó la espalda para apretarse contra él en un intento instintivo de mitigar el fuego que la estaba consumiendo.

Volvió a llevar las manos al cinturón del pantalón de Josh. Él no hizo nada para detenerla mientras le abría la cremallera. A continuación, le bajó los vaqueros y la ropa interior a la vez y abrió los ojos como platos al descubrir la impresionante erección. Comprobar lo mucho que la deseaba la conmovía y la llenaba de satisfacción. Fascinada, tomó el sexo de Josh entre los dedos y comenzó a acariciarlo en toda su extensión.

–Eres increíble –dijo él, casi sin aliento.

Piper no podía hablar, pero le devolvió el cumplido con la mirada. Nunca había experimentado nada parecido; ni la fiereza de las sensaciones físicas ni la tormenta de emociones que la sacudía. Estaba feliz, nerviosa y tranquila a la vez. Jamás se había sentido tan bien.

Se quitaron la ropa con torpeza, presos de la desesperada necesidad de librarse de la tela que impedía que sus pieles se rozaran. Entonces, Josh le acarició el abdomen y fue deslizando la mano hasta colocarla entre los muslos de Piper. El contacto, leve y delicado, la hizo temblar. Se sentía dominada por una ansiedad dulce y tortuosa que solo él podía aliviar. Sin pensar, se movió contra él, suplicando más. Josh atendió a sus ruegos y se arrodilló junto a la cama, remplazando la mano por la boca para besarla íntimamente.

Desacostumbrada a sentirse tan vulnerable ante otra persona, expuesta de una manera que excedía la mera desnudez, Piper se puso tensa al principio. Pero ya le había entregado el alma a Josh y quería que también se adueñara de su cuerpo. Se relajó, rindiéndose al hombre que amaba y al vertiginoso calor del deseo. Mientras él le lamía en el centro de su ser, Piper podía oír sus propios gemidos entremezclados con el latir de su corazón.

Pronto, todo su cuerpo se sacudía al compás de aquel ritmo frenético y apasionado. Al alcanzar el éxtasis, los espasmos la llevaron a aferrarse a los hombros de su amante. Se sentía plena y vacía a la vez, y añoraba que Josh entrara en ella para completar lo que habían empezado.

Él se apartó un momento para buscar un preservativo y después se recostó sobre ella. Cuando lo sintió entrar, Piper se quedó sin aliento.

Él estaba allí, entregándose con una generosidad increíble. Se empujó dentro de ella una y otra vez, hasta arrastrarla a un segundo orgasmo, tan intenso como el anterior o más. Extasiada, Piper arqueó la espalda y con un movimiento brusco apretó la cadera contra la pelvis de Josh. Luego, levantó la vista y lo miró a los ojos hasta que él también alcanzó el clímax.

Se abrazaron con fuerza, y sus gemidos de placer retumbaron contra las paredes de la habitación. Piper no estaba segura de si volvería a ser capaz de pensar o decir algo coherente, por lo que se alegró de que él fuera el primero en recuperar la compostura.

Josh se recostó a su lado, la tomó del rostro y, mientras le colocaba el cabello revuelto, afirmó:

—Ha sido algo increíble.

Antes de que Piper tuviera oportunidad de decir algo, se acercó lentamente y la besó. Quizá fuera mejor así, porque lo único que ella habría podido decir entonces era que lo amaba.

Ni siquiera la cercanía de la situación le confería el valor suficiente para revelar sus sentimientos. Lo único que esperaba era que no se tratase solo de buen sexo.

Capítulo Doce

Después del desayuno, Piper y Josh regresarían a Houston y, por segunda vez, no le importaba que ella quisiera conducir. Había dormido muy poco y prefería dormitar en el asiento del acompañante.

Se había despertado cerca de las dos de la mañana y había pasado de la Piper de los sueños a la desnuda, cálida y suave realidad que dormía a su lado. Le había apartado el pelo y le había besado la nuca, aunque sin intenciones carnales, porque todavía estaba adormilado. Pero ella se había movido y lo había rozado con el trasero en la única parte de su cuerpo que estaba completamente despierta. Acabaron haciendo el amor por segunda vez, probando e investigándose mutuamente, con una deliciosa languidez que hizo que, al romper el alba, el interludio pareciera un sueño.

Solo que los sueños no los mantenían despiertos casi toda la noche, ni dejaban marcas como la que Piper tenía en el cuello, que la habían obligado a cambiarse de camisa dos veces para que su familia no las notara. Aunque la marca no había sido intencional, él no podía evitar sentir cierta satisfacción por la prueba física de que Piper había sido suya.

—¿Josh? —dijo Astrid, con tono preocupado—. ¿Estás bien? Se te ve muy agotado esta mañana.

Sin querer, él desvió la mirada hacia Piper y vio

119

que estaba haciendo lo imposible para no bostezar delante de su madre. El gesto soñoliento de su amante le mejoró el humor.

—Estoy bien, Astrid —contestó, con una sonrisa—. Solo estaba pensando que el fin de semana se me ha pasado muy deprisa.

—Puedes volver para la boda —puntualizó Blaine—. Estoy cansado de ser el único hombre al que Daphne y Piper pueden insultar cuando se juntan. Si vinieras, podríamos competir con ellas.

—¿De verdad crees que podríamos competir con esas dos brujas? —replicó Josh, entre carcajadas—. Nos masacrarían.

A pesar de la risa, Josh no estaba tan seguro de volver a ver a la familia de Piper.

Una hora después, el desayuno había terminado, los platos estaban en la cocina, y los Jamieson había salido a despedirlos. Piper abrazó a Daphne, y Josh no pudo evitar notar que entre ellas había una relación mucho más relajada que la que tenían al llegar a Rebecca. Al parecer, aquel fin de semana había servido para que Piper resolviera varias cosas.

—Me gustaría poder estar aquí cuando nazcan los mellizos —dijo Piper.

—A mí también —afirmó Daphne—. Podemos avisarte cuando me lleven al hospital, pero no quiero que intentes venir desde Houston a las tres de la mañana.

Piper rio a carcajadas.

—Bueno, tal vez seas una de esas mujeres que se dignan a tener contracciones en horarios más decentes. En caso de que no sea así, vendré para Navidad y podré pasar varios días contigo y mis nuevos sobrinos.

Tras unos segundos de silencio incómodo, toda la familia empezó a hablar a la vez.

–Tráete a Josh –manifestó la abuela–. Me hace muy feliz que por fin hayas encontrado a un buen hombre que cuide de ti.

–Cariño, eres bienvenida en cualquier momento –le aseguró Astrid a su hija–. Tengas o no tengas novio. No nos importa.

Piper tardó en reaccionar.

–¿No os importa?

–No –afirmó su madre.

Acto seguido, la mujer miró a Josh y añadió:

–Eso no significa que no nos encantaría tenerte aquí en Navidad.

–Entonces, ¿por qué me has sermoneado tanto? –protestó Piper–. ¿Por qué insistías en que ya no soy una niña y me presionabas para que me casara con Charlie?

Astrid se estremeció.

–Este fin de semana me he dado cuenta de lo mucho que me gusta tenerte en casa y de cuánta culpa tengo de que te hayas marchado –se sinceró–. No quería presionarte tanto; es solo que casarme con tu padre y teneros a Daphne y a ti me ha hecho muy feliz, y quería la misma felicidad para ti.

–¿También si lo que me hace feliz es el trabajo y los amigos, no las relaciones amorosas?

–Claro que sí, cariño –afirmó la madre, mirando a Josh de reojo–. Pero has encontrado una pareja maravillosa.

–Sí –se apresuró a decir Piper–. Era una pregunta hipotética...

–Era una pregunta ridícula –intervino la abuela–. Josh y tú estaréis aquí en Navidad. Ya he empezado a hacer su edredón navideño.

–¿Edredón? –preguntó él, desconcertado.

–Es una tradición familiar –le explicó Piper.

Josh no podía creer que la abuela quisiera incluirlo en la tradición familiar. La peligrosa añoranza que había estado reprimiendo desde que tenía dieciséis años volvía a brotar en su interior: el deseo de tener un sitio que pudiera considerar propio.

Enseguida se recordó que no era su familia, que si lo consideraban uno de ellos era por Piper, y que ni siquiera estaba seguro de tener un futuro con ella. Detestaba ser tan racional, porque aquello lo había llevado a dudar de la felicidad. Sin embargo, el instinto le había evitado sufrir decepciones y penas mayores.

Con todo, aquel día Josh se sentía desgarrado y confuso. Quería cambiar. Quería confiar en los demás. Quería estar seguro de lo que sentía por Piper y de lo que ella sentía por él. Quería tener esperanzas. A pesar de que sus padres habían muerto, de que su familia adoptiva se había mudado a Europa y de que sus novias lo abandonaban por su incapacidad para expresar las emociones, necesitaba creer que los finales felices eran posibles.

En el fondo, sabía que existían los finales felices. De lo que no estaba tan seguro era de que el destino le deparase uno a él.

Piper se había pasado casi todo el viaje reflexionando sobre su vida, y cuando estaban a punto de llegar a Houston había llegado a una desagradable pero indiscutible conclusión; la falta de valor que había demostrado desde que habían salido de Rebecca. Por algún motivo, no se había atrevido a decirle nada a Josh de la noche anterior.

Le resultaba difícil expresar lo que había significado para ella cuando no tenía la menor idea de la importancia que podía tener para él.

–Ya casi hemos llegado –dijo.

Piper sabía que era un comentario estúpido, pero necesitaba decir algo para romper el silencio. Josh asintió, aunque sin apartar la vista de la ventanilla.

En cuanto cruzaran la avenida, su fin de semana habría terminado oficialmente, y no sabía que hacer. Por una parte consideraba que, si habían hecho el amor después de dos años de amistad, no podían despedirse y actuar como si no hubiera pasado nada. Por otra, no quería ponerse melodramática, porque no solo trabajaban juntos, sino que además eran vecinos. En cualquier caso, tenía que hacer algo para aclarar la situación.

–Josh... Quieres hablar de lo de anoche, ¿no es cierto?

–Sí –contestó–. Lo lamento, Piper.

A ella se le hizo un nudo en el estómago.

–¿Lamentas que hayamos hecho el amor?

–¡No! Me estaba disculpando por mi torpeza de hoy, no por lo que sucedió anoche. Como no sabía qué decir, prefería esperar a que tú dieras el primer paso.

Piper soltó una carcajada nerviosa.

–Tiene gracia, por una vez que decido dejarme guiar por un hombre...

En aquel momento llegaron al aparcamiento del edificio.

–¿Puedo ayudarte a cargar tu equipaje o eso atentaría contra tus principios feministas?

–Creo que esta vez puedo hacer una excepción.

Tras aparcar el coche, se dividieron las bolsas y subieron al ascensor. Al llegar al piso de Piper, Josh introdujo las maletas y se quedó de pie junto a la puerta, pasándose la bolsa de una mano a otra.

–Odio tener que irme –dijo–, pero tengo que subir a mi piso. Tengo que deshacer el equipaje, revisar los mensajes y preparar las cosas para el trabajo.

–Sí, yo también debería hacer todo eso.

Piper se preguntó cómo iba a hacer para regresar a su rutina diaria cuando aquel fin de semana lo había trastocado todo.

–Bueno –balbució, aturdida–. Gracias por todo.

–Ha sido un placer.

Era el momento perfecto para decir algo gracioso o para guiñarle un ojo y enfatizar el doble sentido de sus palabras, pero Josh no dijo ni hizo nada.

Al cabo de unos segundos, Josh se volvió hacia la puerta, pero se detuvo.

–Piper, ¿quieres cenar conmigo mañana?

A ella se le aceleró el corazón.

–¿Cenar?

–Sí. Una cena de verdad, nada de pedir pizza por teléfono.

Piper suspiró aliviada. Lo que habían compartido era mucho más que una aventura de fin de semana. Solo tenía que ser paciente. Si Josh sentía lo mismo que ella, seguramente estaría asustado y debía darle tiempo. Lo habían abandonado demasiadas veces, y era lógico que temiera una nueva pérdida. La mejor manera de ayudarlo a cambiar consistía en demostrarle que ella misma estaba dispuesta a hacerlo.

Pero Piper no se refería a cambiar para satisfacer las expectativas del otro. Si algo había aprendido aquel fin de semana, a pesar de la mala experiencia con Charlie, era que hacer algo por una persona querida no era sinónimo de sumisión.

Quería demostrarle a Josh que estaba dispuesta a dar lo mejor de sí, de tener algún detalle con él.

—Me parece una idea genial. Aunque, en lugar de salir, ¿por qué no cenamos aquí? Yo cocinaré.

Tras la sorpresa inicial, a Josh le brillaron los ojos con picardía.

—¿Me quieres solo para ti?

Ella sonrió.

—Ven a cenar mañana y lo descubrirás. Solo dime a qué hora te viene bien. Pensaba quedarme un rato más en la oficina para ponerme al día, pero...

Piper hizo una pausa y se llevó una mano a la cabeza.

—¿Qué vamos a hacer con el trabajo? —preguntó, angustiada.

Josh tensó la mandíbula.

—¿Te refieres a la prohibición de las parejas entre empleados?

—Sí.

—No es necesario que lo decidamos ahora —dijo él, tratando de ocultar su nerviosismo—. De momento, lo mantendremos en secreto y, si esto se transforma en algo, veremos qué hacer entonces.

Al ver que a ella se le crispaba el gesto, Josh se desesperó.

—Piper, tal vez me he explicado mal...

—No te preocupes —declaró ella, con pose de mujer liberada—. Sé lo que quieres decir.

—¿En serio? Porque pareces enfadada. No pretendía decir que no había nada entre nosotros, solo que...

Josh hizo una pausa y, mirándola con desesperación, añadió:

–Lo siento, nunca supe expresarme con palabras.

Piper pensó que cuando Josh intentaba seducir a alguien era la persona más locuaz del mundo. Era después de haber conseguido el objetivo cuando no sabía qué decir.

El lunes por la noche, Josh estaba asustado por la emoción que le causaba cenar con Piper. Si bien habían pasado todo el día en el mismo despacho, casi no habían hablado. Sin embargo, no le apetecía perder el tiempo con palabras. Bien al contrario, en cuanto ella abrió la puerta de su piso, la abrazó por la cintura y la saludó con un beso apasionado.

En un principio, Piper se sorprendió por la efusividad del saludo, pero no tardó en responder con idéntica ansiedad. Josh comprendió que era el momento de entrar, antes de que las cosas llegaran más lejos.

Una vez dentro, se echó levemente hacia atrás y la recorrió con la mirada.

–Estás preciosa.

Aquel día, Piper había ido a trabajar vestida con una mezcla de la Piper de Houston y la de Rebecca. En lugar de su clásico moño, se había recogido el cabello a los lados con unos broches muy bonitos. También había cambiado el traje que solía usar por una falda negra y un jersey rojo.

–He estado todo el día esperando para poder

decírtelo –continuó Josh–, pero he creído conveniente guardarme el piropo para cuando estuviéramos solos.

Ella sonrió complacida.

–Más vale tarde que nunca.

Al llegar a la cocina, dejó el vino sobre la encimera y comentó:

–Espero que el tinto te parezca bien. No estaba seguro de qué ibas a preparar.

–Lasaña.

–Me encanta. ¿Puedo ayudarte con algo?

Piper tomó un tarro de requesón y lo volcó dentro de una ensaladera de plástico.

–Puedes preparar la ensalada, si quieres –dijo, señalándole la nevera con la cabeza–. He pasado por el mercado de camino a casa, pero también hay verduras que llevan siglos allí.

–Comprendido. Si está verde, lo lavo y lo corto. Si esta arrugado y negro, finjo que no lo he visto.

Piper le guiñó un ojo y volvió a concentrarse en la preparación de la lasaña. Josh encontró los ingredientes de la ensalada, los lavó y comenzó a cortarlos. No podía evitar mirar a Piper cada dos segundos.

Le parecía tan bella que de solo mirarla le dolía el corazón. Se alegraba de haberse atrevido a proponer que cenaran, pese a que cuando habían regresado a Houston quería salir corriendo. Quería alejarse de ella y de la destrucción emocional a la que lo arrojaría cuando lo abandonara. Sin embargo, aquella noche se sentía esperanzado.

Piper metió la pasta en el horno y sacó dos copas del armario.

–¿Te apetece tomar vino? –preguntó.

–Desde luego.

Acto seguido, Josh destapó la botella y comenzó a llenar las copas, pero casi se le volcó todo cuando Piper se echó hacia adelante y apoyó los brazos sobre la encimera. Al parecer, no se daba cuenta de lo que dejaba entrever el escote de su jersey.

Aunque, a juzgar por su sonrisa, sabía muy bien lo que estaba haciendo. Josh echó un nuevo vistazo al sujetador de encaje negro y se dijo que, aquella noche, Piper estaba llena de sorpresas.

Ella se enderezó y bebió un trago de vino.

–Hoy te he echado de menos en la oficina.

–Estaba allí –contestó él, con sorna–. Solo que no podías verme porque estaba tapado por una montaña de trabajo.

–Lo siento. Sé que estás retrasado por mi culpa, pero tal vez podríamos comer juntos durante la semana.

Josh se bebió toda la copa de un trago. Sabía que Piper no iba a renunciar a su trabajo por un hombre, y cuando consideraba ser él quien renunciara, sentía que era un cambio demasiado drástico. No podía alterar su vida de aquella manera sin estar seguro de que la persona por la que lo estaba haciendo estaría con él para siempre. El problema era que nadie podía estar seguro de algo semejante.

–Josh, ¿en qué piensas, que te has quedado tan callado?

–Tendrás que disculparme, pero es que eres tan sensual que me dejas sin habla.

Ella se sonrojó por el piropo.

–Estás perdonado.

–¡Qué aburrida eres! –afirmó él, quitándole la copa–. Tenía otros planes para ganarme tu perdón.

A Piper se le aceleró el corazón.

–En ese caso, me retracto. No estás perdonado. Y te advierto que tendrás que trabajar mucho para que te disculpe.

Josh se acercó a ella, aunque sin llegar a tocarla, aumentando la tensión que había entre ellos.

–Entonces será mejor que empiece cuanto antes.

Piper se enderezó para alcanzarlo. Él bajó la cabeza, pero se detuvo.

–Espera –dijo–. Tengo una idea mejor.

Acto seguido, Josh la levantó en brazos y la sentó sobre la encimera para resolver la diferencia de altura. Ella lo miró a los ojos con detenimiento y lo besó apasionadamente.

Josh la besaba como si ella fuera agua y él llevara días perdido en el desierto. Quería bebérsela, devorarla, disfrutar de su sabor, de su aliento, de su lengua arrebatadora y febril. Le metió las manos por debajo del jersey, le recorrió la espalda con la yema de los dedos y siguió acariciándola hasta llegar a los senos. Piper estaba temblando y, cuando sintió el roce en los pezones, ronroneó como una gata en celo.

De repente, Josh sintió las manos de Piper sobre el pecho y sonrío al darse cuenta de que, en la desesperación por quitarle la camisa, le había arrancado un botón. Por suerte, él no tuvo que lidiar con ningún botón y le bastó un movimiento para quitarle el jersey.

Al verla sentada en la encimera, con el pelo algo revuelto, el sujetador de encaje y la falda negra, Josh sintió que se le paraba el corazón.

–Eres irresistible –dijo, con la voz ronca de deseo.

Piper le deslizó una mano por el pecho, arañándole suavemente la piel desnuda.

—¿Esto sigue siendo parte de tus disculpas por no escuchar? Si es así, siéntete libre de agraviarme cuando quieras, que estaré encantada de perdonarte.

Piper se acercó al borde de la encimera, lo atrajo hacia sí y le bajó la cremallera de los pantalones. Tenso y ansioso por el contacto, él se quitó la prenda y la arrojó a un lado. Después, se acomodó entre las piernas de su amante y, mientras le levantaba la falda, le acarició los muslos.

Cuando vio el diminuto tanga de encaje negro de Piper creyó que iba a enloquecer. No era solo la lencería erótica lo que lo afectaba tanto; ni tampoco la sorpresa de descubrirla en una mujer que no solía usar aquellas cosas. Lo que lo volvía loco era comprobar lo que siempre había sospechado. Hacía varios meses que se había dado cuenta de que detrás de los trajes formales y el supuesto desinterés por el sexo existía una mujer muy apasionada, una mujer que Piper no permitía que los demás vieran. Sin embargo, lo había elegido para revelarle esa faceta.

—Son muy bonitas —dijo Josh, rozando el borde de las braguitas con dos dedos—. Solo espero que no te importe si te las quito.

Ella movió la cadera para dejarlo hacer.

—Si insistes —replicó—. Pero ten en cuenta que las bragas y el sujetador son un conjunto...

—Entiendo.

Acto seguido, le desabrochó el sujetador y le cubrió los senos con las manos. Piper le parecía perfecta y extremadamente receptiva. Le acarició los pezones, mirándola a la cara con detenimiento.

Ella arqueó la espalda para entregarse a él, y Josh la retribuyó con toda la generosidad de su boca.

Josh se apartó para buscar un preservativo en sus pantalones. En cuanto se lo empezó a poner, ella le apartó la mano y terminó de desenrollar el látex. El contacto de los dedos de Piper sobre su pene erecto lo dejó sin aliento.

Después, la tomó de las caderas y se introdujo en ella. Se miraron a los ojos, y Josh se estremeció al ver el amor y la devoción que había en la mirada de Piper. Jamás se había sentido tan conectado con nadie, y la intensidad de aquella emoción lo abrumaba. Durante una fracción de segundo, el pánico eclipsó el éxtasis de estar dentro de ella.

Cerró los ojos para poner cierta distancia y así poder olvidarse de la conmoción y el riesgo que representaba. Quería dejarse llevar por la conexión física para acallar el miedo y fingir que Piper no era la dueña de su corazón. Se concentró en satisfacerla y le hizo el amor como si fuera la última vez. Comenzó a empujarse dentro ella con un ritmo pausado e intenso que le exigía un enorme control de sus reacciones químicas pero que, a juzgar por los gemidos, a ella parecía complacerla notablemente.

—Eso está muy bien —jadeó Piper.

—¿Te refieres a esto? —preguntó él, moviendo la cadera.

—Sí. Sigue, por favor. No te detengas.

Él atendió a la petición y le arrancó un nuevo gemido, más fuerte y entrecortado que el anterior. Continuó moviéndose hasta que sintió las uñas de Piper en su espalda y supo que estaba alcanzando el éxtasis. Entonces se permitió relajarse y entregarse al placer de su propio orgasmo.

Ella recostó la cabeza en el pecho de Josh mientras trataba de recuperar el aliento. Él la abrazó con fuerza. Estaba demasiado agitado para poder hablar, pero era mejor así porque lo único que habría podido decir era que la amaba, y la mera idea de pronunciar aquellas palabras le daba pánico.

La última vez que había dicho algo semejante era cuando Dana lo estaba dejando. Demasiado tarde, y ella ni siquiera se había dado la vuelta para responder a la acongojada confesión. Sencillamente, había salido por la puerta y se había marchado de su vida. En aquel momento, Josh se había prometido que jamás permitiría que nadie volviera a herirlo de semejante manera.

El recuerdo no le dolía tanto como la certeza de que su amor por Piper era mucho más fuerte y profundo que el que había sentido por Dana. La pena de perderla sería insoportable. Aunque sabía que Piper merecía oír aquellas palabras, debía callar.

Capítulo Trece

Cuatro días después, habían hecho el amor en casi todos los rincones de la casa de Piper.

En aquel momento se estaban recuperando de una nueva sesión de sexo desenfrenado. Esta vez, en el suelo del salón. Josh seguía recostado sobre la moqueta, con la cabeza apoyada en el sofá donde estaba sentada Piper, vestida con la camisa de su amante.

–Creo que deberías tratar de hacerlo en la cama más a menudo –dijo él.

Ella se echó hacia adelante para besarlo.

–Sí –afirmó, entre risas–. Tengo las rodillas llenas de rasguños, pero ha merecido la pena.

El sexo había sido increíble en todas las ocasiones, pero aquella era la primera vez que Josh se había sentido tranquilo, capaz de alejar sus dudas. Había vivido los momentos más intensos y maravillosos de su vida en la última semana. Sin embargo, también habían sido aterradores, y la ansiedad lo estaba carcomiendo.

Josh vivía esperando que los demás lo abandonaran, y aquel día había intentado ponerse a prueba. Había sobrevivido a muchas despedidas en su vida, y si Piper y él se separaban, también podría sobrevivir. Para demostrárselo, la había evitado todo el día, diciéndose que si soportaba no hablarle y ni tocarla, podría vivir sin ella.

Había notado que Piper lo miraba con curiosidad desde su escritorio, pero no se había acercado a él. Aquel gesto de respeto por su espacio había hecho que le resultara aún más difícil mantenerse alejado. Para mitigar su necesidad de ir a buscarla, Josh le había enviado un mensaje de correo electrónico en el que decía que estaba retrasado con el trabajo y tendría que quedarse hasta tarde, aunque le encantaría verla durante el fin de semana.

Después había echado por la borda todo el esfuerzo del día al bajar al piso de Piper para preguntarle si quería ver un partido de baloncesto con él. Al parecer, no soportaba estar sin ella tanto como creía.

Se sentó en el borde del sofá y alargó una mano para acariciarle la pantorrilla.

–Siento haber estado tan ocupado hoy –se disculpó.

–No hay problema.

Piper sonrió levemente pero enseguida apartó la mirada y se concentró en la película que estaban pasando por televisión.

–Lamento no haberte dejado ver el partido –añadió.

–¿De verdad? –preguntó él, anonadado.

Aquella vez, la sonrisa de Piper fue sincera.

–No –confesó–. La verdad es que si se presentara una situación parecida, volvería a seducirte. Además, no me gusta el baloncesto. Es solo una manera de matar el tiempo hasta que empiece la liga de fútbol.

Acto seguido, le acarició la cabeza y sugirió:

–Podríamos ir a la cama y...

–Suena muy tentador, pero no me puedo quedar.

La noche anterior se había quedado a dormir con ella y, en vez de disfrutar de tenerla abrazada contra su pecho, Josh se había pasado las horas insomne y cuestionándolo todo.

–¿Te vas?

Por el tono de su voz, se notaba que Piper estaba herida.

–Me quedé anoche –contestó él, con cierto fastidio.

–Lo sé, solo que creía que...

–Sigo muy retrasado con el trabajo, y además tengo cosas que hacer en mi casa.

Ella se puso de pie.

–Olvídalo. Me cambiaré para que puedas llevarte la camisa.

–No tengo que irme ahora mismo.

–Yo creo que sí. Tienes que ponerte al día con el trabajo y deberías empezar cuanto antes.

Josh la miró a los ojos y comprendió que quería que se fuera. La había lastimado y estaba preparada para acompañarlo hasta la puerta.

–Salvo que tu plan no sea ponerte al día –murmuró ella, mientras se dirigía al dormitorio.

–¿Qué quieres decir con eso?

Piper se detuvo en el pasillo y se volvió para mirarlo.

–¿Crees que no me he dado cuenta de lo repentinamente ocupado que estás en el trabajo?

–Siempre he estado ocupado en el trabajo. Tú también.

–Es cierto. Y aun así teníamos tiempo para hablar o para comer juntos. Me has estado evitando.

A él se le hizo un nudo en la boca del estómago. Apenas habían pasado cuatro días y Piper ya era infeliz.

–¿Por qué no volvemos hacerlo aquí? Ahora mismo.

–¿Te refieres a hacer el amor? ¿No te parece que es un poco inoportuno?

Josh se sintió acorralado y se puso a la defensiva.

–Hace unos minutos, la idea no te parecía tan mala...

–¿Sabes qué? –dijo ella, tratando de mantener la calma–. Dejémoslo así. Ha sido un día muy largo y los dos hemos estado muy atareados. Me alegro de que hayas venido y no tengo ganas de discutir.

–Yo tampoco. Piper...

–Está todo bien, Josh. Solo necesito un segundo para cambiarme.

Piper se volvió pero no pudo evitar que antes se le escapara una lágrima. A Josh se le partió el corazón, y más cuando oyó que, a pesar de tantas horas de desnudez compartidas, cerraba la puerta del dormitorio para quitarse la camisa.

El miércoles siguiente, Piper entró en el vestuario del gimnasio, consciente de que si no hablaba con alguien se iba a volver loca.

Decidida a hablar con Gina, salió del vestuario. Gina levantó la vista y sonrió al verla.

–Hola, cariño.

–Hola, Gina. No te imaginas cuánto me alegra que estés aquí. Si no te molesta escuchar, necesito un oído amigo.

–No me molesta en absoluto. Me ayudará a espabilarme. Casi me quedo dormida esta mañana. Hay días en los que no puedo soportar tanta rutina.

De repente, Piper sintió lo mismo. Josh y ella habían ya compartido suficiente actividad aeróbica como para elevarla a un nivel de máxima claridad.

–¿Qué opinas si abandonamos los ejercicios? –sugirió, divertida–. Vámonos de aquí; te invito a una tarta de chocolate.

–¿Chocolate en lugar de ejercicios? –preguntó Gina, atónita– ¿Desde cuándo antepones el deseo a la sensatez?

Piper se mordió el labio.

–Ya te contaré.

–No me lo puedo creer.

Probablemente, era la octava vez que Gina repetía la frase desde que Piper le había contado lo suyo con Josh.

–De verdad, no me lo puedo creer –repitió.

–Sí, ya me doy cuenta –ironizó Piper–. Avísame cuando hayas conseguido digerir que me he acostado con Josh para que podamos pensar qué debería hacer.

–¡Nunca voy a terminar de digerir esa parte! –afirmó Gina, con los ojos desorbitados–. ¿Sabes la cantidad de veces que me has reprochado que dudara de que Josh y tú fuerais solamente amigos?

–Pero es que de verdad solo éramos amigos. Aunque eso ha cambiado después del fin de semana en Rebecca.

–Al menos ahora entiendo por qué te negabas a presentármelo.

–Eso no cierto....

Piper se detuvo, porque comprendió que Gina estaba bromeando.

–De acuerdo –continuó–. Lo reconozco. Me lo habías dicho. No quería ver la realidad. Tenías razón y yo estaba equivocada. ¿Qué hago ahora, Gina?

–¿Sientes que te está utilizando?

–No. Lo que siento es que cuando no estamos haciendo el amor no me deja entrar en su vida. Sin embargo –reflexionó Piper–, no sé cómo decirle algo sin sonar como una de esas mujeres que se pasan la vida reclamando más atención. Sobre todo porque siento que se está esforzando por cambiar. Considerando el historial de Josh, esta podría ser la relación más importante que ha tenido. Aunque ese historial me pone nerviosa. Casi estoy esperando regresar a casa y encontrar una nota en la puerta en la que me diga que se ha unido a la legión extranjera o algo así.

–Crees que encontrará una excusa para irse.

Josh siempre había buscado la forma de librarse de las mujeres con las que había estado. Piper quería creer que ella era distinta, especial, pero él no le había dado motivos para pensar que se trataba de una relación a largo plazo. Por otra parte, no estaba segura de querer una relación duradera si no podía tener a Josh como amigo y como amante.

–Nunca me he considerado insegura –dijo–, pero, ¿cómo me puedo sentir bien con esto cuando, en cierta forma, nos ha alejado? Parece que hubiéramos cambiado nuestra amistad por unos cuantos orgasmos espectaculares. Y la verdad es que ningún orgasmo vale lo que teníamos.

–Para ti es fácil decirlo. Los que no podemos recordar nuestro último orgasmo espectacular, tal vez no pensemos lo mismo.

Como Piper no contestó, Gina suspiró y añadió:

–Odio desilusionarte, pero no estoy segura de poderte ayudar.

–Está bien. El solo hecho de estar hablando del asunto me ayuda. Me alegro de habértelo contado.

Ciertamente, era muy fácil revelarle sus preocupaciones a Gina. Piper sabía que tenía que hablar con Josh, pero temía que no quisiera oírla. El problema era que si Josh seguía siendo tan reticente a hablar de sus sentimientos, y ella tan consciente del destino de las anteriores amantes, la amistad entre ellos se iría deteriorando hasta convertirse en una aventura pasajera.

–No me puedo creer que hayas tardado tanto en contarme que te habías acostado con él –declaró Gina–. No sé qué me impresiona más, si eso o tu capacidad para guardar un secreto. Pero, Piper, no es conmigo con quien necesitas tener esta conversación. Tienes que hablar con él.

–Temía que dijeras eso.

En cuanto Josh abrió la puerta, el viernes por la tarde, supo que el momento tan temido había llegado. Le bastó con ver la cara de Piper para darse cuenta. Tenía el aspecto de una mujer que se esforzaba por parecer despreocupada, por algo que era de vital importancia para ella. Y parecía infeliz. Él no la estaba haciendo feliz.

Hacía tiempo que sabía que no era el hombre adecuado para ella, porque no podía darle lo que ella necesitaba. Sin embargo, se había dejado llevar por su propia necesidad de creer que podía cambiar.

–Hola, Piper. Pasa.

–Gracias.

Ella sonrío sin convicción, y Josh pensó que eran dos actores brillantes. Primero habían fingido con la familia de Piper. Y después habían comenzado a fingir entre ellos.

–Acabo de volver de la oficina –declaró, como si nada pasara–. Estaba a punto de prepararme una copa. ¿Quieres una?

–Me encantaría.

Acto seguido, Josh se marchó a buscar las bebidas. En la soledad de la cocina, apretó los puños, luchando contra la sensación de impotencia que le provocaba saber que, una vez más, estaba perdiendo a alguien. Con Dana no había visto el final con tanta claridad, pero había adquirido experiencia con los años. Tenía el estómago revuelto y sentía que otra vez tenía dieciséis años y acababa de enterarse de que los Wakefield se iban a Europa sin él. No obstante, ya no era una niño, y si perdía a Piper reaccionaría como un adulto.

Regresó al salón y se acomodó en el apoyabrazos del sofá en el que estaba sentada Piper.

–Aquí tienes tu bebida.

Ella tomó la copa y la apoyó en la mesita.

–Gracias.

–¿Qué te trae por aquí? –preguntó Josh, tenso.

Piper abrió los ojos como platos y se echó levemente hacia atrás. Había sido un movimiento casi imperceptible, pero para él era una clara señal de retirada.

–¿Necesito un motivo para venir a verte? Aunque, ahora que lo pienso, nunca hemos estado en tu piso.

En aquel momento, ella se dio cuenta de que

Josh prefería las casas de los demás porque así le resultaba más fácil escapar.

–No, no necesitas tener un motivo. Sin embargo, creo que lo tienes.

–Ya basta –dijo ella–. Necesito hablar contigo. ¿Recuerdas cuando pregunté qué haríamos con el trabajo? Entonces sugeriste que esperáramos a ver si esto se transformaba en algo.

–¿Estás enfadada por eso? Te dije que me había explicado mal...

Piper se puso de pie.

–Josh... No he venido a presionarte, culparte o quejarme por la forma en la que has dicho algo. Ni siquiera tienes que decirme ahora si esto se ha transformado en algo o no –afirmó, moviendo las manos con nerviosismo–. Pero, ¿cuándo crees que lo sabrás? No me gusta tener que evitarte en el trabajo. Me hace sentir que estamos teniendo una relación ilícita y sórdida.

Josh quería creer que lo único que la fastidiaba era la situación en el trabajo. Aun así, no pudo evitar ponerse a la defensiva, como siempre.

–Has dicho que no venías a presionarme, pero suenas como si me estuvieras dando un ultimátum.

La mirada furiosa de Piper no era tan preocupante como la expresión resignada que tenía después de oírlo.

–Puede que tengas razón. No es justo que te reclame plazos o algún tipo de compromiso, lo reconozco. Pero tampoco es justo que yo tenga que seguir así.

Josh sabía a qué se refería Piper. Él era quien cerraba los ojos cuando ella lo miraba, porque era la única manera que conocía de protegerse. Él era el que apenas le hablaba en el trabajo, diciéndose que era profesionalidad y no miedo. Él era quien la había dejado después de hacer el amor, porque abrazarla mientras dormía solo servía para consolidar lo mucho que la quería, algo que no podía decir porque quería evitar que le destrozara irremediablemente el corazón cuando lo dejara.

Ella se merecía más. Igual que la otra mujer que lo había abandonado por la misma situación. Se dijo que nunca tendría que haberla tocado. Piper merecía estar con un hombre capaz de compartir su corazón. Josh temía haber perdido aquella capacidad en alguna de las tantas casas de acogida en las que había vivido. Sabía que lo mejor que podía hacer por ella era dejarla ir.

Iba a perderla, pero no se iba a comportar con ella como lo había hecho con Dana, tratando de encontrar en su interior lo que ella quería. Aunque dijera las palabras que Piper quería escuchar, solo serían palabras y no cambiarían lo que él era ni lo que ella necesitaba. Era mejor que Piper se marchara antes de que la situación los lastimara más.

—Estoy de acuerdo contigo, Piper.

—¿De verdad? —preguntó ella, sorprendida y esperanzada.

—No deberíamos seguir así. Es injusto para ti.

—Quieres decir que no deberíamos seguir.

—No es porque no me importes.

—Vaya, ¿así que este es el típico adiós de Josh Weber? El clásico «no eres tú, soy yo; tú te mereces más, mejor que sigamos siendo amigos». ¿Esto es lo que les dices a todas tus mujeres?

Él estaba furioso, no con ella, sino consigo. Si Piper pensaba que era una más entre una larga lista de amantes era por su culpa, por no haberle dicho que jamás había querido a nadie de aquella manera y que, probablemente, nunca lo haría. Aunque no podía convencerla de que era especial cuando ni siquiera podía convencerse de que la merecía.

—Sí, supongo que ese es mi adiós —contestó.

—Eres increíble.

Piper estaba furiosa, pero no parecía tener intenciones de irse. Al menos, no de inmediato.

—Después de la semana que hemos pasado, ¿ni siquiera tengo un adiós especial? ¿Ni frases creativas o escenas melodramáticas?

A pesar de la vehemencia del tono, Josh pudo ver el brillo calculador en los ojos. Al referirse a lo que habían compartido de manera tan burda le estaba dando la oportunidad de protestar y afirmar que había significado más.

Necesitaba que Piper se fuera antes de caer en la tentación de rogarle que no lo dejara. Las súplicas no habían impedido que otros lo abandonaran, y no era tan crédulo como para pensar que aquella vez no sucedería lo mismo.

—El sexo contigo ha sido maravilloso, Piper, pero solo era sexo.

Josh casi se estremeció por ella. Jamás le había dicho algo semejante a una mujer, ni siquiera cuando solo se había tratado de sexo.

Piper abrió la boca, probablemente para llamarlo mentiroso o desgraciado, y en ambos casos habría tenido razón. No obstante, dio media vuelta en silencio y se marchó.

Capítulo Catorce

Piper no dejaba de pensar en lo que Josh le había dicho; quería golpear a alguien, pero pensó que sería mejor descargar la rabia haciendo ejercicio y regresó al gimnasio.

–Mantente enfadada tanto tiempo como puedas –se ordenó.

Sabía que la rabia era el mejor remedio para evitar que la tristeza la destrozara.

No le molestaba que Josh hubiera dicho que aquello solo era sexo; después de haberlo observado detenidamente, sumado a las emociones que él trataba de ocultar, estaba segura de que él sabía exactamente lo especial que era la conexión que tenían. Sospechaba que aquella conexión era el motivo por el que, el rey de las separaciones cordiales había sido tan brusco y directo con ella.

Lo que le molestaba era que la hubiera quitado del medio con tanta alevosía. De pronto, recordó la conversación con Gina en la que ella le dijo que Josh había salido con tantas porque todavía no ha encontrado a la mujer adecuada.

La cuestión era que Josh no quería encontrar a la mujer adecuada.

Piper estaba segura de ser la mujer correcta para él, y de que Josh era el hombre perfecto para ella. Por eso dolía tanto, no por la estupidez que había dicho Josh para alejarla. Él había tenido una infancia terrible y cuando por fin se le presentaba la oportunidad de ser feliz, estaba demasiado asustado como para aprovecharla. Sin embargo, no podía obligarlo a aceptar su amor.

En realidad, no era el único que tenía miedo. Piper estaba aterrada desde la primera vez que habían hecho el amor. Quería hablar, pero siempre encontraba excusas para evitarlo porque de ese modo no lo perdería.

Se dijo que su miedo estaba justificado porque, efectivamente, había perdido a Josh. Aunque desde esa perspectiva, el temor de Josh también era fundado, porque la había perdido.

Entonces comprendió que Josh no era el único culpable en la historia. Si bien la había echado, también ella se había dejado echar.

La confusión se había transformado en un fuerte dolor de cabeza. Al cabo de un rato, se dio cuenta de que la rabia que la había empujado a ir al gimnasio, había desaparecido. Mientras se ponía de pie, concluyó que era el momento de los chocolates.

Había estado eludiendo el mantener una verdadera charla con Josh y cuando se había atrevido a hacerlo, había bastado una frase desagradable para que se marchara.

Josh había perdido todo lo que amaba, incluyendo a sus padres, y había aprendido a desconfiar del amor para no tener que seguir sufriendo.

Tenía que encontrar la forma de que confiara en ella. Era posible que todavía estuviera a tiempo.

Necesitaba hacer algo, lo que fuera, algo que le hiciera ver que no se iba librar de ella tan fácilmente.

Algo importante.

A las siete y media de la mañana del lunes, Piper respiró hondo y llamó a la puerta del despacho de su jefe. Piper quería hablar con él antes de que llegaran los demás.

–Pase –dijo su jefe.

–Buenos días, Callahan.

–Piper –contestó él, arqueando una ceja–, ¿qué haces tan temprano aquí?

–Necesito hablar contigo.

Piper no podía creer que estuviera a punto de renunciar a su trabajo por un hombre. Era lo opuesto a lo que cualquiera habría esperado de ella, y por eso había pensado que podía servirle para conmover a Josh. Lo quería lo suficiente como para dejar la empresa y resolver así el problema de las relaciones entre empleados. De todas formas, si el gesto no bastaba para convencerlo de que podía confiar en su amor, prefería no tener que seguir viéndolo a diario en la oficina, porque sería un suplicio insoportable.

–Siéntate, por favor –dijo Callahan.

–La verdad es que, si no te importa, me quedaré de pie. Así me resultara más fácil –se excusó–. Callahan, me siento muy a gusto trabajando contigo. Sin embargo, he estado pensando mucho y he decidido presentar mi renuncia.

Él se reclinó en su asiento y la observó un rato.

–Lamento oír que te marchas. Si no te importa quisiera saber si tu decisión es una consecuencia de algo que haya hecho o dejado de hacer alguno de los socios.

–No. Me voy por motivos personales.

–Es una pena. Eres una de mis empleadas más prometedoras y Callahan, Kagle y Munroe necesita personal capacitado ahora que Josh Weber ha dimitido.

Ella se sentó inmediatamente.

–¿Josh ha dimitido? ¿Cuándo?

Piper no lo podía creer. Había pasado dos días estudiando cada uno de sus movimientos, y en ningún momento había contemplado la posibilidad de que Josh le ganara. Estaba convencida de que tenía todo calculado para que el plan fuera un éxito.

–Vino a verme el sábado –puntualizó Callahan–. Me dijo que tenía mucho trabajo por su cuenta, que prefería trabajar de manera autónoma y que esperaba que no se le guardara rencor. Odio perderlo, pero recuerdo cómo me sentía cuando empecé con el negocio. Su volumen de trabajo debe de ser impresionante, porque ha hecho efectiva la renuncia de inmediato.

–Supongo que habrá pensado que era mejor cortar por lo sano.

Josh se había escapado. De ella y de lo que compartían. Piper se preguntaba si también tenía pensado mudarse de edificio. No entendía qué la había llevado a creer que conseguiría que las cosas funcionaran entre ellos. Aunque por otra parte, Josh jamás se había preocupado por huir de sus relaciones previas y siempre había sido muy informal con las rupturas. Por primera vez en la mañana, Piper sonrió.

–Si te parece bien, me quedaré dos semana para preparar mi partida –dijo–. Después, si hace falta podría ocuparme de algunas cosas desde casa.

–¿Puedo hacerte una contraoferta, Piper? –preguntó Callahan–. ¿Por qué no te tomas un par de días para reconsiderarlo? Tal vez deberíamos haberte ascendido hace tiempo. Pensaba hacerlo cuando llegara el turno de renovar tu contrato, sin embargo, creo que este sería un buen momento.

Callahan le estaba ofreciendo el cargo de directora de proyectos. Piper quería ese puesto pero, sobre todo, quería compartirlo con Josh.

–No he venido a renunciar para presionarte.

Él asintió.

–Lo sé, Piper. Aun así, no quisiera perderte.

A ella se le llenaron los ojos de lágrimas. Pensaba en toda la energía que había puesto en su trabajo, todas las veces que había insistido en que no necesitaba ni quería a un hombre en su vida y en cómo había desoído a quienes le habían advertido que tuviera cuidado con lo que deseaba, porque podía cumplirse.

Al final, Piper aceptó tomarse un día para meditar su decisión. Dado que Josh había renunciado, ya no tenía tanto sentido marcharse de Callahan, Kagle y Munroe; sin embargo, podía aprovechar el tiempo libre para aclarar su mente.

Se convenció de que debía seguir intentando convencer a Josh de que lo que sentía por él era un amor profundo y sincero. Si no lo hacía estaría dejando que el miedo la dominara, igual que él permitía que su pasado le impidiera amar. Hablaría con él, pero otro día.

Cuando entró en su piso, todavía no eran las nueve de la mañana, y aun así, Piper estaba extenuada.

Después de echarse una siesta reparadora en el sofá y de ver una película, decidió que ya había re-

moloneado bastante y que debía utilizar su inespe-
rado tiempo libre para algo más que dar vueltas
por la casa, mirando los lugares donde había hecho el amor con Josh.

Lo primero que haría sería lavar la ropa y, más
tarde, tal vez iría a la tienda a comprar chocolatinas. Acto seguido, tomó el cesto de la ropa sucia,
cerró la puerta y bajó por el ascensor en calceti-
nes.

Al llegar a la lavandería del edificio se le paró el
corazón. Josh estaba sentado en una de las sillas,
con los hombros caídos y pasándose una mano
por la cabeza. A juzgar por lo despeinado que estaba, llevaba un buen rato haciendo lo mismo.

Josh se estremeció en cuanto se dio cuenta de
que no estaba solo y se dio la vuelta con una sonrisa amigable. Cuando vio que se trataba de ella, se
le transformó la cara.

—¡Piper! ¿Qué estás haciendo aquí?

Josh no podía creer lo que veía. No había dejado de pensar en ella desde el viernes por la noche y de repente la tenía frente a él, como si hubiera salido de su imaginación.

—¿Creías que estaba en el trabajo? —cuestionó
ella.

—Bueno, es lunes por la mañana y...

Justamente por eso, Josh estaba allí. Había re-
suelto el problema de tener que verla en el trabajo
y había pensado que si se cuidaba de no cruzarse
con ella, podrían vivir en el mismo edificio.

—¿Por qué no estás en la oficina? —añadió, desconcertado.

Ella dio un paso adelante y dejó el cesto sobre
la mesa.

—Por lo mismo que tú. He dimitido.

A Josh se le hizo un nudo en el estómago. No solo había sido un idiota, sino que la había empujado a dejar su trabajo.

–No deberías dimitir. No necesitas hacerlo. Yo...

–Me has ganado la mano. Sí, eso fue lo que dijo Callahan. La verdad es que no me sorprende. Te escapas de las relaciones, te escapas de mi casa, te escapas de la empresa...

Josh trató de no protestar por el reproche que le estaba haciendo Piper.

–Es lo mejor que podía hacer.

Ella gruñó y se llevó las manos a la cadera.

–No es lo mejor que podías hacer. Es una locura. Esto podría ser maravilloso. Nosotros podríamos hacer que fuera maravilloso.

Josh estaba demasiado aturdido como para poder hablar. Creía que Piper no le volvería a dirigir la palabra y, desde luego, jamás habría imaginado que querría que volvieran a estar juntos. Durante un momento, fantaseó con la posibilidad de ser capaz de darle lo que ella necesitaba, pero enseguida acalló la esperanza para evitar una nueva desilusión.

Sin embargo, no pudo acallar a Piper.

–Te amo, idiota. Y estoy segura de que podrías amarme si dejaras de estropearlo todo.

Aunque en el fondo Josh sabía lo que ella sentía, la declaración lo estremeció por completo. Era consciente de que Piper no se tomaba el sexo o la amistad a la ligera, y que si había seguido con su aventura era porque lo que sentía por él era muy fuerte. Pero había pasado mucho tiempo desde la última vez que alguien le había dicho que lo amaba, y mucho más desde que alguien lo había amado de verdad.

Ella también tenía razón sobre lo que él sentía. Probablemente, había empezado a enamorarse de ella la noche en que se había mudado al edificio y la había encontrado bailando en el pasillo.

–Piper, yo...

–No –lo interrumpió ella, levantando una mano–. El viernes te dejé decir cosas que no eran ciertas, dejé que me echaras y no voy a darte la oportunidad de que lo hagas de nuevo. Ahora no me estás echando, Josh. Me marcho porque no quiero que digas otra estupidez de la que luego te puedas arrepentir. Solo piensa en esto, ¿de acuerdo? Piensa en cómo sería tener algo duradero con alguien que te ama.

Sin siquiera detenerse a recoger su ropa, Piper se dio la vuelta y se marchó a toda prisa. Josh sabía a qué se debía la urgencia. Había oído cómo le temblaba la voz y se odiaba por cada lágrima que le había causado. Pero la emoción no había podido ocultar la convicción que tenía en lo que estaba diciendo, un convencimiento que Josh envidiaba. Él nunca se había permitido estar tan seguro de algo que no podía controlar, jamás había confiado en una emoción con esa seguridad.

Piper le ofrecía un amor perdurable y Josh se preguntaba si de verdad estaba a su alcance.

Por una parte, sentía que no. Y por otra, pensaba que lo único que había conseguido por aferrarse al miedo era sentirse solo y desgraciado sin Piper. La idea de un futuro sin ella, lo destrozaba.

En aquel momento, comprendió que no podía hacer nada en cuanto su pasado; pero que sí podía hacer algo por su futuro.

Si no lo hacía, Piper tenía razón: era un idiota.

Josh salió del ascensor y caminó por el pasillo. La distancia que lo separaba de la puerta de Piper nunca le había parecido tan larga. Resultaba gracioso que el corazón le latiera tan deprisa cuando llevaba dos años cruzando ese corredor casi a diario. Hacía apenas una hora, ella le había dicho que lo amaba y no entendía por qué seguía tan asustado. Tal vez, porque temía que hubiera recapacitado.

Hizo caso omiso a sus pensamientos negativos y llamó a la puerta.

–Piper, soy yo.

Después de cómo se había comportado, no podía culparla si se negaba a atenderlo. Si todo lo demás fallaba, podía ofrecer el cesto de ropa que ella se había dejado en el lavadero a cambio de que escuchara lo que tenía que decirle. Sin embargo, Piper abrió la puerta y lo miró con recelo. Llevaba puesta una camiseta blanca, un vaquero desgastado y el pelo recogido en una coleta. De alguna forma, el contraste entre la sencillez del vestuario y su propia belleza la hacían parecer mucho más sensual que si hubiera estado vestida con ropa provocativa.

–Eres tan hermosa...

Josh no había planeado iniciar la conversación así, pero no lo había podido evitar.

–Si has venido hasta aquí solo para decir tonterías, prometo que te partiré un florero en la cabeza.

A pesar de la fiereza de sus palabras, Piper sonaba más insegura que de costumbre. Estaba tratando de comprender para qué había ido a verla y no quería crearse falsas expectativas. Josh conocía esa sensación.

—Lo que he dicho no es ninguna tontería. ¿Puedo pasar?

Acto seguido, Josh sacó el paquete que traía oculto en la espalda y añadió:

—Podría haber venido antes, pero quería comprarte esto.

Ella echó un vistazo a las violetas que sobresalían.

—¿Flores?

—No exactamente.

Piper miró dentro del envoltorio y soltó una carcajada. Josh se preguntaba si ella había visto un ramo de chocolatinas antes. Por lo menos para la florista había sido la primera vez.

—He pensado que era una buena manera de empezar a pedirte perdón.

Josh se estremeció al recordar que la primera vez que le había suplicado que lo perdonara, habían terminado haciendo el amor en la cocina. Aunque se moría de ganas de repetir la escena, sabía que antes necesitaban hablar.

Piper lo miró a los ojos y sonrió.

—Te amo.

Josh pensó que nunca se iba a acostumbrar a oír esas palabras.

—Yo...

El miedo lo paralizó por completo. Sin embargo, lo que sentía por ella era tan intenso que consiguió reunir las fuerzas necesarias para pronunciar las palabras que llevaba años sin decir.

—Yo también te amo, Piper.

A ella se le iluminó la cara. Después, dejó caer

el ramo de chocolatinas al suelo, le rodeó el cuello con los brazos y lo besó apasionadamente.

Entraron a la casa sin dejar de besarse y Josh se apresuró a cerrar la puerta.

—Tenemos que parar —suplicó él.

—Tal vez deberíamos someterlo a votación —dijo ella, mordisqueándole el cuello.

Pero Josh necesitaba hacerle saber que lo que los unía era mucho más que el sexo.

—Antes de votar, tenemos que hablar.

Ella se echó hacia atrás y lo miró sorprendida.

—¿En serio? ¿Prefieres hablar?

En lugar de estar desilusionada, Piper parecía optimista. Josh recordó lo mal que había manejado las cosas la semana anterior. Recordó también que lo que quería era amor, confianza, comprensión y compromiso. Todas las cosas que había temido esperar y que ahora parecían posibles porque Piper estaba a su lado.

—Sí. Mereces saber cómo me haces sentir.

Acto seguido, la tomó de la mano y la llevó al sofá. Necesitaba decírselo todo antes de que el miedo lo volviera a apresar.

—Sé que solo necesitabas a alguien para el fin de semana en Rebecca, Piper —continuó—. Y sabes mejor que nadie que yo no estaba buscando a alguien para compartir mi vida. Sin embargo, en los dos últimos años, te has convertido en alguien muy importante para mí. No puedo imaginar que no estés ahí en los años por venir. En realidad, sí puedo. Es lo que he estado haciendo los dos últimos días y ha sido horrible.

Ella le apretó la mano para animarlo a seguir. Josh agradeció el gesto silencioso. Quería estar con ella, pero tenía que saber a qué se enfrentaba.

–Te amo –siguió Josh–. No puedo creer lo bien que me siento al decirlo. Pero eso no impide que, probablemente, vuelva a estropearlo todo de otras formas.

–Y cuando eso suceda, volverás a arreglarlo como lo has hecho ahora –aseguró Piper, con lágrimas en los ojos–. Josh, te conozco. Eres amable, generoso y apasionado. Tienes más capacidad para amar de la que crees.

La fe que Piper tenía en él era inquebrantable.

–Tal vez seas tú, que sacas lo mejor de mí.

Acto seguido, la besó con pasión. Pero prefirió no llegar muy lejos, no quería que el sexo se convirtiera en la eterna excusa para evitar hablar de sus sentimientos.

–Respetaré tu decisión si es lo que realmente quieres hacer –declaró–, pero no quiero que renuncies al trabajo. Al menos, no por mí.

Aunque Josh había dimitido para escapar de ella, también era cierto que las cosas le iban muy bien por su cuenta. Además, Piper se había esforzado mucho para entrar en Callahan, Kagle y Munroe y tenía un futuro brillante.

Ella le dio un tímido beso que sabía a promesas por venir.

–No te preocupes. Callahan y yo estamos negociando mi reincorporación. Puede que hasta saque un beneficio de esto, así que me has hecho un favor… Pero hablando de favores, ¿estás preparado para enfrentarte otra vez con mi familia y formar parte de ella?

–Adoro a tu familia, casi tanto como te quiero a ti –declaró, mientras le lamía el lóbulo de una oreja–. Pero, ¿podrías ayudarme para que aprenda a compartir mis emociones con los demás?

–No te preocupes, mejorarás con la práctica. Y yo no te voy a abandonar.

Josh se estremeció al oír que no pensaba dejarlo solo. Definitivamente, amaba a aquella mujer.

Acto seguido, Piper le deslizó una mano por debajo de la camisa y se detuvo a la altura del corazón.

–¿Te parece mal que solo sepa preparar tartas de chocolate y lasaña?

–Para eso están los restaurantes con reparto a domicilio –contestó él–. Pero puestos a confesarnos el uno al otro, quiero que sepas que a veces ronco.

–Mientras lo hagas en mi cama, no me importa –le aseguró.

Josh la atrajo hacia él, la sentó sobre su regazo y acercó los labios a la boca de Piper. Nunca había estado tan necesitado de un beso, tan deseoso de disfrutar de toda la felicidad que podía darle aquella mujer, tan ansioso por hacerla tan feliz como él.

Ella se echó un poco hacia atrás, con una sonrisa que ocultaba tanta malicia como adoración por él.

–¿Crees que este es un buen momento para votar si debemos hacer el amor? Yo voto a favor, ¿y tú?

–También.

EL MANDATO DEL REY

JENNIFER LEWIS

El seductor rey Vasco Montoya era imparable. Tras enterarse de que la muestra que había donado en su juventud a un banco de esperma había sido utilizada, había decidido reclamar a su heredero y, por ende, a su encantadora madre.

Stella Greco estaba decidida a proteger a su pequeña familia de aquel desconocido. Pero su vida dio un giro y no le quedó más remedio que recluirse en el reino de los Montoya para empezar de nuevo. Incluso antes de llegar, la magia del cuento de hadas de Vasco empezó a desplegarse. Claro que los finales felices no eran tan simples como un beso, por muy ardiente que fuera.

A merced de Su Majestad

¡YA EN TU PUNTO DE VENTA!

Acepte 2 de nuestras mejores novelas de amor GRATIS

¡Y reciba un regalo sorpresa!

Oferta especial de tiempo limitado

Rellene el cupón y envíelo a
Harlequin Reader Service®
3010 Walden Ave.
P.O. Box 1867
Buffalo, N.Y. 14240-1867

¡Si! Por favor, envíenme 2 novelas de amor de Harlequin (1 Bianca® y 1 Deseo®) gratis, más el regalo sorpresa. Luego remítanme 4 novelas nuevas todos los meses, las cuales recibiré mucho antes de que aparezcan en librerías, y factúrenme al bajo precio de $3,24 cada una, más $0,25 por envío e impuesto de ventas, si corresponde*. Este es el precio total, y es un ahorro de casi el 20% sobre el precio de portada. !Una oferta excelente! Entiendo que el hecho de aceptar estos libros y el regalo no me obliga en forma alguna a la compra de libros adicionales. Y también que puedo devolver cualquier envío y cancelar en cualquier momento. Aún si decido no comprar ningún otro libro de Harlequin, los 2 libros gratis y el regalo sorpresa son míos para siempre.

416 LBN DU7N

Nombre y apellido	(Por favor, letra de molde)	
Dirección	Apartamento No.	
Ciudad	Estado	Zona postal

Esta oferta se limita a un pedido por hogar y no está disponible para los subscriptores actuales de Deseo® y Bianca®.
*Los términos y precios quedan sujetos a cambios sin aviso previo.
Impuestos de ventas aplican en N.Y.